逊克河秘事

王昆 著

济南出版社

图书在版编目（CIP）数据

逊克河秘事 / 王昆著. -- 济南：济南出版社，2025.8. -- ISBN 978-7-5488-7465-2

Ⅰ. I247.5

中国国家版本馆 CIP 数据核字第 2025YW3409 号

逊克河秘事
XUNKE HE MISHI

王　昆　著

责任编辑　姜天一
装帧设计　陈致宇

出版发行　济南出版社
地　　址　山东省济南市二环南路1号（250002）
总　编　室　0531-86131715
印　　刷　济南鲁艺彩印有限公司
版　　次　2025年8月第1版
印　　次　2025年8月第1次印刷
开　　本　148mm×210mm　32开
印　　张　6.5
字　　数　96千字
书　　号　ISBN 978-7-5488-7465-2
定　　价　36.00元

如有印装质量问题 请与出版社出版部联系调换
电话：0531-86131736

版权所有　盗版必究

我选择在这个日子，完成这本集子，是为了纪念一段特殊的家史。八十多年前，日本人侵犯到皖北一带。当地丝绸大亨王朝重和他的孙子王传仁——我的爷爷，经过慎重决定，将全部家产捐于抗战。几十年来，我一直沉浸在爷爷的讲述里。起先，我并没觉得有什么特别之处。直到爷爷逝世，我重新审视这段家史，才忽然意识到，爷爷和他的父辈，精神世界里蕴藏着不容被忽略的民族大义。这一年来，似带着某种使命，我奋力创作出这些文字。告慰爷爷，纪念所有为抗战做出牺牲和贡献的军民。

序　言

微观战史与人的刻度
——抗日叙事的历史重构与价值追寻

秩　八

这辑小说构成了一幅抗战的局部"清明上河图",作家王昆以显微镜般的洞察,刻画了宏大历史下鲜活的肌理纹路。他的创作实践不仅拓展了抗战叙事的疆域,更在整体架构与细节雕刻中,展现出独特的抗战认知论与价值追寻路径。

在闽西群山的褶皱里,九龙溪的流水裹挟着战火与血泪蜿蜒前行。王昆的《九龙溪静静流》以工兵曹桂声的逃亡与觉醒为叙事主线,在个体命运与历史洪流的碰撞中,完成了一曲悲怆的革命史诗。小说通过精妙的意象编织与叙事空间的转换,将个人救赎与集体觉醒熔铸成血色黎明前的精神图谱。文中的九龙溪,作为核心地理意象,是自然景观也是精神图腾。桂声把步枪弃于溪水,泽兰受伤于溪水,燕城里的红军最终北上抗日也会"渡"着溪水。从这一角度来说,九龙溪"静静流"有了一个全新的历史维度:它不仅仅是一条河,而是承载蜕变、见证流血、运送革命火种的精神通道。当桂声跟随先遣队北上时,他背负的不仅是泽兰的嘱托,更是整条九龙溪沉淀的革命记忆。

作为新时代作家对红色历史的重新叙事,《九龙溪静静流》不仅传达了对红军将士牺牲精神的敬仰与歌颂,更彰显出对革命与人性的辩证思考。因此,作品留下的启示,恰似先遣队留给历史的战略遗产:真正的红色叙事不应只是简单的脸谱化描述,而应如九龙溪般,在静默流淌中照见个体与集体、历史与当下的永恒对话。

在黑龙江与逊克河交汇的界江地带,一座被雨水冲刷出的坟墓,引出《逊克河秘事》这篇充满地质诗意的作品。这部作品突破传统抗战文学的二元对立框架,以充满悖谬的人性光谱,在东北密林的暴风雪中,书写着超越国族界限的生命诗篇。作品曾取名《南部十四式》,可见,作品里的这把南部十四式手枪及其上面的白瓷吊坠,有着非同一般的特殊意义。这个镶嵌着日本军人肖像的器物,在抗联女兵手中转化为埋葬美佐的墓碑构件。从杀戮工具的配件到纪念载体,器物的功能嬗变暗示着暴力循环的破解可能。

　　逊克河独特的水文特性成为叙事的深层结构。夏季的湍流与冬季的冰封，对应着叙事节奏的张弛。美佐在冰封的江面逃亡，在未结冰的江边牺牲，水体的物理状态与人物命运的转折有了某种关联。这种地理诗学赋予战争叙事以自然的律动感。波亚尔科沃密营的地窖，承载着囚禁与庇护的双重意蕴。抗联女兵在此超越仇恨，将战地医院转化为文明的火种保存地。地窖顶棚的简易石膏架与木板床的窟窿，这些临时性的医疗装置成为战时人道主义的微型纪念碑。

　　在抗联女兵祖父的沧州往事中，我们看到，当复仇者放下尖刀，在废墟中寻找善的遗存，历史的创伤记忆便开始转向愈合。美佐的墓碑最终与逊克河融为一体，这个充满河流记忆的安息之所，暗示着战争伤口的自然疗愈。王昆的叙事智慧在于，他让仇恨与宽恕在波涛江水中沉淀，最终淘洗出人性的最本真——那不是非黑即白的道德判断，而是在极端境遇下依然闪烁的生命尊严。

　　《刺客李列传》角度独特，是将家国大义的血色旌旗悬置在家族墓园的枯枝上，让两具血脉同源的躯体在月光下互为镜像。当李列传与沈玉山拼尽全力互相撕扯，这个充满仪式感的对峙场景，不仅撕裂了抗战文学惯常的敌我分野，更将历史的暴力本质暴露在惨白的月光之下。贯穿通篇的枣树与弹弓构成的童年符码，在兄弟二人的生命轨迹中投射出诡异的分形。父亲教授弹弓时"保家人"的训诫，在战火中裂变为两套截然不同的生存语法。李列传将弹弓技艺升华为民族复兴的利器，沈玉山却将其异化为生存博弈的筹码。

家族墓园作为叙事磁场，吸附着所有被战争碾碎的伦理碎片。李列传在深夜墓园换装执行任务的场景，宛如一场残酷的成人礼：当他披上组织的披风，同时也在去除作为家族一员的纯真。这种身份的二重撕裂，在沈玉山祭拜母亲时达到顶峰——汉奸与孝子的双重身份在纸钱灰烬中激烈对撞，暴露了战争伦理对传统人伦的暴力重构。文本中，反复出现的"猴子"形象构成了耐人寻味的叙事陷阱。当日军将李列传的敏捷神话化为"猴子"时，沈玉山正在用"捉猴"的赏金购买苟活的资格。这种互为猎物的荒诞处境，在墓园对决时达到戏剧性高潮：弟弟成为那只"猴子"，而兄长的瘸腿恰恰源自父亲。暴力在这个镜像迷宫中不断折射，最终消解了正邪对立的简单判断。

小说结尾，父亲幽灵般的在场，构成了叙事中最尖锐的伦理诘问。作为中共地下党员的父亲，其"保护性缺席"恰恰成为兄弟异化的原始创伤。当他以组织之名将幼子推向暗杀前线时，也在为家族悲剧埋下伏笔。小说中，麦穗这个被鸦片与暴力双重腐蚀的女性形象，有着历史暴力的性别维度。沈玉山为她的毒瘾射杀同志，李列传为组织清除"民族败类"的行动正因她而产生。《刺客李列传》将身体残疾转化为叙事发动机。侏儒主角只有一米多点儿，这一生理细节被王昆转化为战术优势。当主流叙事习惯塑造高大威武的英雄时，王昆却证明：抗战的伟力恰恰存在于身体的缺陷之中。

《东山上，西湖里》以淮北平原的西湖村为叙事坐标，编织出一幅跨越半个世纪的时空图谱。王家深宅里埋藏的银圆，在军阀混战、抗日战争、解放战争、新中国建设的历史褶皱中不断被叩击，最终在推土机的轰鸣中显露出其寓言本质。这部作品通过对财富迷局的解构，完成了对权力、欲望祛魅的过程，在虚实相生的叙事中，构建起关于历史与人性的深刻隐喻。

"东山上，西湖里"就像一个藏宝谜题，构成贯穿整个叙事的核心悬念。这个谜题在不同历史阶段被赋予截然不同的意义：对日伪军来说，这是战略物资；对土匪来说，这是暴富密码；对国共双方来说是战争资本；对新中国来说是建设储备。王家大院地底存放的银圆，实则是各方势力欲望的镜像投射。王朝宗至死守护的秘密，在杜金宝手中演变为改河道、拆民宅的荒唐工程，最终揭示的不仅是物理空间的藏宝夹层，更是权力异化的精神病灶。当"东山上，西湖里"的谜底在机械轰鸣中揭晓，这个困扰半个世纪的财富谜题终于完成自我解构。锡壶中的银圆在阳光下闪烁,既是对贪婪欲望的终极嘲讽,也是对历史真相的诗意隐喻。王传仁将专利奖金回报乡里的选择,标志着物质财富向精神价值的转化。

当我们在《逊克河秘事》的冰晶里看见人性的闪光,在《刺客李列传》的畸形身躯中发现精神的伟岸,在《九龙溪静静流》中感受信仰的回归,在《东山上,西湖里》中完成对财富、欲望的祛魅,就理解了作家真正的抱负:他们不是在复述历史,而是在锻造认识历史的新的感官。这或许就是抗战文学在当下的最高使命——不仅要记住过去,更要教会未来如何记忆。

目　录

九龙溪静静流　　1

逊克河秘事　　52

刺客李列传　　80

东山上，西湖里　　113

后记：大风向西　　168

九龙溪静静流

他向着山下走去，左臂蜷在胸前，拳头处缠成一个粗布疙瘩，头发蓬得像乱草。他脚上穿的那双布鞋已经面目全非，鞋帮沾满了泥土，湿答答地黏成一团，不留意看根本看不出鞋面上那道暗红的蚯蚓状的血迹。他一边走一边四下张望，听到一丁点儿人声响动，就蛇一般闪进林子躲起来。他神色很疲倦，却拼了命地赶路。

这是通往燕城的一段山路，蜿蜒曲折，茂密的竹林漫山遍野地横亘在山与山之间。他选的这条看似砍柴人走的小路，几乎被形态各异的杂草覆盖。这些叶片或纤细或宽厚的草儿，密密匝匝缠杂在一起，野蛮地争夺生存空间。这个季节的山里，还有很多奇奇怪怪的野花，白、黄、红、蓝、紫，五彩斑斓、争奇斗艳。他无心这些，只顾观察周围和竹梢尽头的地方。那些毛竹高大挺拔，修长的竹竿直插云霄，竹叶茂密得阳光都很难插进去。他熟悉这些山，熟悉这些遮天蔽日的竹林，谁也别想追得上他。

他不得不时刻想着藏身。他的衣着太过显眼：上身穿着一件宽大的鹅黄色军装，左臂的袖标已被撕掉；下身的裤子倒还合身，绑腿松松垮垮地耷拉着，随着他的步伐来回晃荡。

这是1933年夏末的闽西。

三天前，他还是白军队伍里的一名工兵。他精于挖掘坑道，算得上一个优秀的白军士兵。他曾经跟乡里一位木匠师傅学过两年，无论是复杂地形下的爆破点选择，还是对炸药量的精确把控，都做得恰到好处。

按理说，他的日子应该好过。可刚上战场，他就成了一名不知所措的逃兵。他马不停蹄地往家赶，心里很是紧张，哪怕是散落的枯黄竹叶在微风拂动下发出的扑簌声，都会让他瞬间如惊弓之鸟。他极度紧绷的神经里，入耳的任何异样响动都像是引线燃烧时发出的咝咝声，让他呼吸困难。进了这条临近县城的山路，他的步子走得更快了些，让这两天如影随形在心头沉甸甸的恐惧劲儿也轻了许多。

山路直冲着巴溪。听着溪水潺潺,饥渴的士兵观察一会儿,便冲着水边蛇形靠近。蹲到溪浅处,他捧起水往嘴里送,简单休整就恢复了精力。他坐下来,一层一层解开拳头上的布疙瘩。这个缠了三天、泛着酸味的布疙瘩一松开就发出哐啷的金属碰响。响的是他逃走时从还未咽气的长官身上抢回来的一把银圆。

他把银圆搓着洗了洗,擦干,塞进贴身的衣兜里,又往嘴里补了些水。他躬起身,望了望山下的河对岸。对岸,就是燕城北大门。清晨,缥缈的雾气把架着机枪大炮、插着三角旗的城墙衬得像一张血盆大口。但无论如何凶险,他还是决心进城。

他一路惶恐不安地逃回来,只想活命。眼下,他有着比自己活下来更重要的事。他不顾一切冲着燕城押狱而来,是要用自己的命去救回一个人。

一

他叫曹桂声,家住小陶镇双竹村西头。母亲生他时,窗前的桂树一片鸟鸣,家里就给他起了这个名字。桂声打小就听着树林里鸟儿的鸣叫长大。如果没有战

3

争,他原本也会平平静静在大山里过一辈子。在村东头,他有个青梅竹马的恋人,名叫佩兰。两家正筹备婚嫁的当儿,偏偏世道越发不太平,驻扎永安的国民党部队强征兵员。为了凑足兵数,桂声竟被地保悄悄加进了新兵名单。

桂声进了白军,开始还有几分好奇,可看到长官把士兵当狗一样踹来骂去,他就想有机会得逃出去。但也就是想想,宪兵队的重机枪和搜寻犬,那凶狠劲儿他可都见过。机会总是留给有想法的人。就在几天前,闽西"剿匪"指挥官卢兴邦的部队与红军在江西洵口激战中吃了败仗,桂声所在连队损失惨重,他趁乱逃了出来。

回家的路走了三天三夜。进村前,他观察到,村口守着的不只是地保的人,还有苏维埃赤卫队员在周边巡逻。逃兵的身份让他不得不谨慎行事。在山脚的林子里,他摸出一个铜匙,给了路过的放牛娃。那种在太阳光下可以照见自己影子的洋铜匙,在山村并不多见,对于庄稼人来说,其价值只限于在伙伴间炫耀。桂声用这个铜匙达到了目的,打听到这一片村落已归苏维埃政府管,还意外得知了佩兰被抓进燕城监狱的消息。

洋铜匙果然暴露了桂声回来的秘密,随后赶来的赤卫队员差一点就捉住了他。后面这些天，他一直风餐露宿，像一只喝露水的蝉那样，藏在深山竹林里。

他从洵口逃脱回来，途经红军和白军势力交错的区域，一路东躲西藏，也偷偷看到过白军对红军的通缉布告，以及红军对白军的劝降书。蒋介石忙着调集部队去福州"围剿"起义的队伍，还顾不上这里。桂声是白军的人，而且是个逃兵，在这里情况就不太妙了。但是，他惦记着娘，还有佩兰……更不能逃往外地。到处兵荒马乱，万一又被白军抓到，那更危险。唯独这片他从小熟悉的山林蹊径间，才是最安稳的归处。

他又摸了摸那些银圆。那是他存下来的军饷，被那个贪婪的长官搜刮去，他最终抢了回来。他这样温和的性格不适合待在军队，整日惶惶不安，更不想打仗。他逃出来后就把步枪扔进了巴溪水。记不得是哪段溪水了，但绝不可能是流进燕城的九龙溪。

他讨厌这些争斗。最近这段时间，白军疯狂地四处追击红军及游击队。他看了看连绵起伏的群山，生出一种难以言喻的安全感。这里每一座山峰，每一道山谷，每一处沟径、洞穴，他都了如指掌，就像鹊鸟熟悉自己构筑的巢穴一般。

顺着巴溪汇入九龙溪的路径，他一点点潜行赶到了燕城西。九龙溪沿着城池，从西一路蜿蜒向北。到了北门，水面陡然宽阔起来，两岸依次有一些乡民搭建的低矮竹楼，楼下溪边拴着几只竹筏和小船。溪水尽头横亘两边的就是那道铁索桥，桥上紧密地铺着长条的竹跳板，本地人走在上面晃晃悠悠，习惯了也倒是快捷。

桥的南岸有一个白军的哨卡。因为这是郊外山区进出燕城的唯一通道，所有进出的人员都须持良民证，对随身物品也要进行盘查。

桂声下意识地碰了碰腰间挂着的那颗德制手榴弹。白军的长官似乎很欣赏德国的军事，除了用德国的武器，还经常请德国的军人给白军士兵们讲战斗要领。在工兵连训练时，桂声颇得教官器重，把他作为爆破骨干培训，还让他参加过一次德国工兵的演训观摩。白军队伍里的德国军官好像对剿灭红军很自信，之前就放出狠话："苏区不过五万平方公里，保持每天前进两里地的速度，不出一年，就可以全部吃掉！"这些自恃武器先进的德国人，说得倒是轻松，但这都好几年过去了，也没把红军赶尽杀绝。不过，德国人的武器真不错，比如这颗手感轻巧的手榴弹。桂声的眼睛像雷达一样仔细地扫描着城门上下，架着机枪的士兵、穿制服的警察、腰间别着手枪的保安团便衣，条条蛇都咬人，哪个都不好对付。

城门口的盘查太严，更何况要带着这颗手榴弹。逡巡良久，他不得不重新退回竹林，一边左顾右盼，一边盘算着计策。

"咿呜……咿呜……"一阵有节奏的行进时发出的响声传来。桂声下意识地俯身，变换成战斗姿势，准备随时反击。一个身影从竹丛后显露出来，是一个驼着背的瘦弱山民，在弯弯曲曲的小路上，肩上挑着两筐鲜笋，正汗流浃背地走过来。

他装作进山采购山货却迷路的店铺伙计，急忙拦下山民，说店里正要收购一批山笋。山民看着两手空空的他，笑呵呵地摇摇头。于是他掏出一块银圆，说要连笋带筐买下，还故作好奇地要了山民腰间挂着的那把挖笋的细镰刀和身上的外套。

山民走了，桂声便钻进林子里。他挑出一个最大的笋，接着拿起那把细镰刀。从小到大，每到出笋季节，他就天天进山挖笋。他手指灵活地一点点切开笋皮，几下挖空了毛笋，接着将手雷塞了进去。他把衣服整了整，俨然成了一个进城送笋的山民。

城门口，不断有小贩、乡人牵马挑担进进出出，桂声装作一副着急赶路的样子，径直走到门前的士兵跟前。"这是咋回事？"一个白军士兵恶狠狠地在筐子上踢了一脚，盘问道。"老总，我赶着进城交货呢，美味鲜饭店的王老板催得可急了。"桂声说着，递过去一个笋子。

"走吧，走吧！"白军士兵推开他的手，枪口抬了抬，骂骂咧咧地放了行。

城内的主干道上车水马龙。桂声挑着筐子走了半里路，到了一个立着两根电线杆的分岔口。这个分岔口左拐，是一条幽深的巷子，桂声当白军时到过这里。他下意识地拐了进去。

巷子两边的平房大多空着。桂声走走停停，来到一处最破烂不堪的房子前停了下来。大门虚掩，蜘蛛在上面织了一张网。桂声伸手一甩，那团蜘蛛网便落在脚下。他迈步进入，将筐轻轻放在地上。

他取出手榴弹，回到巷子里。昏暗的光线下，两侧的墙壁似乎都在向中间挤压。他不喜欢这种压抑感，快走上几步，从另一条岔道又走回到街面上。

他把右手夹在腋下,手榴弹别在夹袄的侧面。他心情慌乱,每次战斗前的感觉就是这样,只不过,这次是去保安团。他只顾低头赶路,冷不防被一辆急速转弯的人力车撞倒在地。他本能地按住身上的手榴弹,额头上撞起了一个大包。他恼怒地抬起头来,车帘子里探出了一条纤细的女人手臂,竟一把猛力拽住他。桂声迷糊着进了车厢。

　　"佩……佩兰?"他瞪大了眼睛。

　　"我是泽兰。"

　　"哦,泽兰姐。"泽兰右眼角有粒黑痣,个子高挑一些。白军对红军的那些通缉布告里,就有泽兰的画像。

二

　　人力车在深巷里飞快地跑,停在一个昏暗偏僻的地方。两个人简单寒暄几句,桂声就把自己逃回来的经历说了说。他说这次进城,就是要救佩兰出来。

　　泽兰摇摇头:"你都自身难保,怎么救?"桂声说:"我去找谢林发,他看管押狱。"泽兰点点头说:"这南郊谢地主的小儿子,你可别小看他。"桂声恨恨地咬牙:"就是谢地主父子逼着我加入白军,不放佩兰,我就新账旧账一起算！"

桂声接着把自己打探的押狱情况，还有打算用手雷挟持谢林发放人的营救想法和盘托出。看到桂声一心想救佩兰，泽兰红了眼眶，接着说道："两个月前，你姐夫去梦溪当了红军，燕城里的警察局就通缉我俩。谢林发找不到人，就去小陶集抓了佩兰顶罪。我这次来燕城，就是想办法救她出来。我联系了一些组织上的人，都没有办法，白军把她列入了重点人员名单。"

听了这番话，桂声泄了气。泽兰劝慰说："没有计划好，绝不能去做无谓的牺牲。"

桂声在城里住了一晚，第二天一早，泽兰就派人把桂声送了回去。

逃命路上的惶恐，加上从城里无功而返的沮丧失落，回到双竹村后，桂声便被病痛侵袭，开始发烧，整整两天一夜，烧得迷迷糊糊。他躺在床上，恰好能看到窗外那棵十多米高的桂树。树是祖父留下的，一群鸟喳喳地叫着，站满了整个枝头。

清醒的时候，他就想起以前。小时候，下雨天不能上山，他就跟着祖父在铁匠铺里学习打铁。那是个重力气活，他的肚子饿得特别快。佩兰总在这些时候，从店里跑出来,沿着九龙溪边的石板径,把用油纸包着的糕点偷偷拿到铁匠铺来。

佩兰的父亲和桂声他爹是从小一起长大的朋友,桂声叫他王叔。桂声爹帮人送货沉了船,过世后,家中欠了些债,就把铁匠铺抵给了别人。桂声虽然能够凭借父亲传授的一招半式帮人做做零工,但因为有债要还,生活依然窘迫。这些年,幸亏王叔的照应,家里的困境才有些缓解。

他回味起了在城里遇见泽兰的事,回想泽兰说她丈夫参加了红军。这些就像做梦一样,不可想象。他见过泽兰的丈夫,文文弱弱的,是个银店职员。这样的人能在战场上打硬仗?他又想,国民党正在通缉泽兰,她却还敢在燕城里走动,这个女子真不一般。有胆魄的人一定有办法。眼下她已去了梦溪城,桂声决定再去找她。

临走前,桂声去看了王叔。听母亲说,王叔前一阵子去过燕城,给谢林发送了五十块大洋。谢林发拿了钱,王叔却连佩兰的面都没见上。王叔和他讲道理,却被卫兵用枪托砸到了心口上。

看到王叔虚弱的样子,桂声想安慰他,就把在燕城遇到泽兰的事说了,还把泽兰的胆气使劲夸了夸。桂声没说自己的莽撞,至于要去找谢林发同归于尽的事,更是只字没提。

按照王叔的提醒,桂声要去乡苏政府说明一下情况。他想起自己逃回村口时遇见的那些人,想起泽兰劝他加入赤卫队……看来,他必须走这一遭了。

乡苏政府设在曹氏宗祠门口。双竹村是十里八乡的大村,曹氏族人居多。小时候,祠堂平时都是大门紧闭,只有族里开重大会议时才打开,小孩子才有机会跟着大人进去。现在,这飞檐斗拱的大宅成了乡苏的办公地点,人人都能进,随时都能来。

祠堂的大门左侧竖着一块牌匾,上面写着"小陶集乡苏政府";右侧贴了一些布告,红纸黑纸显得格外醒目,是一些"三大纪律六项注意""查田分田公告"的标题,周边的围墙上则涂写着"只有苏维埃才能救中国""打土豪分田地"这样的口号。

桂声主动报告了自己的情况,说自己虽然参加过白军,但那都是谢地主的儿子谢林发强迫的。再加上王叔的介绍信,乡苏主席没有为难桂声,通过了对他的身份认定。

对自己逃兵问题的焦虑暂时消除了,桂声心情轻松了许多。他正想往外走,一阵吵嚷堵进了大门:"主席同志,不是说打一次吗?怎么又来一次?总得留条活路吧!"桂声一看,正是谢地主,头发仍是油光光的,身上穿着件半旧长衫。想到自己被他儿子逼去当白军,想到佩兰正被他儿子关押着,桂声不由得怒火要迸发出来:这苏维埃不是打白军的吗?谢老财还四处告状,应该打死他。

谢地主这么一说,乡苏主席马上明白了。就在前天,几名赤卫队员将几个已经被"打"过的地主又"打"了一遍,谢地主家被拿走了很多东西。

赤卫队队长正是泽兰,眼下带着部分人员执行任务去了。乡苏主席听后,立即把其余的赤卫队员召集到外面广场,经过一番询问,得知确有此事,是赤卫队赵副队长带队去"打"的。

等了半晌,这赵副队长才骑着一匹枣红马回来。乡苏主席等赵副队长一进来,就猛拍桌子:"赵副队长,你知道自己在干什么吗?你在破坏红军的政策!'打'过的土豪不能再打,要给人家留一条活路。你是怎么学习的?"

赵副队长斜倚在门框上,嘴里叼着根草茎,满不在乎地晃着腿。他身上的灰布军装皱皱巴巴，腰间别着的驳壳枪随着他的动作一晃一晃。"主席，你这是向着谁呢？"他吐掉嘴里的草茎，眼神里透着杀气，"那老东西是地主，他儿子还在城里杀共产党呢！依老子的，就应该把他杀了，把他家烧光！"

"胡闹！"乡苏主席气得直抖，"你现在不是占山为王的土匪了，是红军赤卫队，干革命不能蛮干，要讲政策、讲纪律！"

"政策？纪律？"赵副队长冷笑一声，一把扯开衣领，露出胸膛上狰狞的刀疤，"老子打游击的时候，可没这么多弯弯绕绕。白狗子来了就打，地主老财见了就杀，这才痛快！"他猛地站直身子，斜着眼睛说道："我不在乎什么队长不队长的，老子革命，有队伍就行！"说完，他一脚踢开房门，径直走向门外的石桩，解下那匹枣红马，翻身而上。

"赵副队长，您这是要去哪儿？"一个队员怯生生地问。

"老子去巡山！"赵副队长一抖缰绳，马儿嘶鸣一声，扬起一片尘土，"省得在这儿听酸秀才念经！"

马蹄声渐渐远去，乡苏主席愣在门口，望着赵副队长远去的背影，无奈地摇了摇头。回到办公室，他苦笑一下对谢地主说："这赵副队长你也知道，土匪出身，脾气上来了，谁也不管。也只有泽兰的话，他不敢不听。这样吧，我让队员们把你家的东西送回去。赵副队长这人嘛，等我见了泽兰给她说说。"

看着谢地主唉声叹气地走远了，桂声想，真是活该。谢地主这样的人，就应该没收他的家产——那都是搜刮穷人的。乡亲们翻身了，多拿些地主家的东西，就像杜鹃鸟为自己的幼雏在竹林里多捉几条虫子，天经地义。桂声觉得这赵副队长可真是条汉子，又听乡苏主席说，只有泽兰的话他不敢不听，于是更加佩服泽兰了。

三

桂声走了半天山路，来到梦溪城外。他赶到城门口的时候已是中午，城门西侧的一处地方正喧闹着。那里搭着一个台子，上面站着几个红军战士，在做征兵宣传。这几个红军战士的年龄和桂声相仿，身着灰色粗布军装，衣领上缝着红领章，头戴绣着五角星的八角帽。一位个头高大的红军战士正声音洪亮地说："这些都是地主老财剥削咱们穷苦百姓的高利贷欠条和地契，现在统统烧掉，大家的房屋和土地，以后就是自己的了！"还能这样？桂声简直不敢相信。

下面的群众热烈欢呼。一个学生模样的年轻人从他身边使劲挤到了前面，看样子是要报名参军。桂声摇摇头走开了。这学生娃，不知道军队有多苦、打仗有多险。

对桂声来说，没有比找泽兰救佩兰更重要的事。

太阳这会儿很热，亮得发光的路面上摆满了摊位，应景的小吃冒着湿漉漉的热气。遍布青苔的城门上沿，在城墙中间的垛口上，插了很多红旗，迎风招展。墙上挂着一条巨大的横幅，上面写着：推翻军阀国民党，建立苏维埃政府！这横幅给人好心情，像饿时吃了饭、渴时喝了水，给人添了劲的感觉。苏维埃政府，这名字有意思。

进了梦溪城，是一条石板街。十分钟的脚程，桂声走到一处山脚下。那里建着一座砖石结构的院子，在两棵茂密的榕树之间，距离任何一棵榕树大约十米远的中间位置，有一座圆形石拱门，边上挂着标有红十字的旗帜。桂声想，这应该就是那红军医院了。

沿着围墙，是一幅漫画：一名戴着军帽的士兵举着手正在扑苍蝇，边上写着："苍蝇是传染病的源头，扑灭苍蝇等于消灭敌人！"另一侧围墙上面，则写着"粉碎敌人第五次围剿""打倒国民党反动统治"。

继续往前走，踏进一扇石门，里面有十几间房。里面进进出出的，除了穿白大褂戴白口罩的医生护士外，最多的就是身着军服的红军士兵。躺在床上的伤员，他看不太清楚，但在走廊上、院子里，能够看到一些用白色绷带缠着手、绑着腿或裹着头的年轻士兵，正席地坐在稻草铺成的简易地垫上休息。在白军那边，打仗受伤了可不是这样，轻伤没人管，重伤听天由命。

桂声往里走去，没有看见泽兰的踪影，却在后屋遇到一个正在清洗床单衣物的大姐。那大姐的背影有些眼熟，桂声走近一看，是村里的一个本家嫂子。

"桂声？你不是去当白……怎么跑这里来了？"

"我从那边回来了……"桂声不好意思地笑笑，"你看到我泽兰姐没？"

那个本家嫂子打量了一下旁边的人群说："泽兰队长？刚才还在，今天有好几批伤员要送过来，她应该是带着人赶去城外接应了。"正说着，一批担架送了进来。走在前面的几个红军战士抬着一副担架，上面躺着一个十八九岁的小红军，脸色苍白，腹部缠着厚厚的一层绷带。绷带上渗出的鲜血就像冒着热气。

"送手术室,取子弹、缝合伤口,止血处理。"接诊医生迅速检查完,挥手示意将伤员抬进里屋,桂声本能地接过担架。

"小同志,来一下。"当桂声再次走回院子时,一个声音把他叫住。一个胳膊缠着绷带、身着军服的小个子男人朝桂声挥手,这人刚刚跟桂声一起抬了伤员。

"我看你很面生呢,刚来的?"男子点上一支烟,又问桂声,"要来一根吗?"

"谢谢,我不吃烟。"桂声摆摆手说,"我是来找人的,不是在这里工作。你这缠着绷带呢,还是少吃点烟。"

"医生也是这么说的,我得躲着点,"男子笑道,"来找谁的啊,看我认识不?"

"我找泽兰姐。"

"你是泽兰的弟弟?你这个姐姐可真是响当当的……"

"报告!有紧急命令!"一个手拿文件的小战士跑过来,打断了对话。

"命令集合!"男子扫了眼文件,把抽了一半的香烟灭掉，然后冲桂声摆摆手说了声"再见"。

"我可不想和你们再见面。"桂声心里想。要不是为了佩兰，自己这辈子都不愿再到部队来。

中午时分，外面又送进来一批伤员。"这是哪儿在打仗？"桂声闲着无事，就进去帮忙，顺便问旁边一个受伤的红军战士。

"我们是从赣南撤下来的。最近国民党调集大军进攻赣南苏区，我们也集结了大量兵力，堡垒对堡垒、阵地对阵地！"那人伤势不轻，却显得很兴奋。

"嗐，你懂什么！德国来的'洋教头'来指挥，我们损失惨重！"一个满脸络腮胡子的老兵接过话来。

"这么多年辛辛苦苦积累起来的家当，都打光了！"这是个断了腿的红军战士在说话。

"保护苏区我们不怕死，但这样打败仗，真憋屈！"络腮胡子又说道，言语中满是气愤和苦恼。

桂声听着他们的议论，心想，仗打得那么惨，幸亏自己逃了出来。他刚要离开，瞥眼看到泽兰走了过来。

"队长好！"几名红军战士立即停了议论。

"说得挺热闹啊！大家还记得毛主席的教导吗？我们红军是共产党指挥的军队，党做出什么决策我们就要

19

坚决执行!"泽兰俨然就像一名红军干部,"大家想想,前面我们取得的四次反'围剿'胜利是不是在党领导下取得的?现在是暂时的困难,大家要相信党,我们一定能取得最后的胜利!"

这是桂声第一次看见泽兰穿军装,比起佩兰形容的泽兰结婚时的装束,现在更配得上这些高深的话。泽兰的脸庞和佩兰差不多,只是发髻剪掉了。泽兰留了一头干练的短发,戴着红军帽,和那些议论着战事的红军战士一样,肩上也披着一条暗红色的麻布,左手臂还戴着一个红袖章。

又把伤兵们安顿了一番,泽兰这才拉着桂声向外走,一边走一边低声问:"你咋跑这里来了?"

"我想过来商量,怎么去救佩兰……"

泽兰脱掉军帽,擦了擦额头上的汗:"燕城里的反动势力害怕红军继续扩大攻势,打算集中兵力转移,城里关押的囚犯重要的都带走。佩兰在重点人员名单上,我担心……"

"那我们不能干等着,还得趁他们在这里,把佩兰救出来。"桂声一听这话,更着急了。

"我一直在想办法,前两天又让燕城的侦察员打探消息，但是没有结果。桂声，你不能这样盲目地跑来跑去，加入红军吧，也许是个办法。"

"你是说，让我加入队伍？我刚从白军队伍里出来，又进红军……不，我只想去救佩兰。"

"桂声，现在不是闹个人情绪的时候，得服从组织。"泽兰知道桂声是个犟脾气。

"组织？那是你的组织，不是我的！"桂声头也不回地往外走。他不想听她的那些理论。

泽兰只得跟着喊道："桂声，你不要干傻事。"但桂声已经走远了。

红军到底是一支什么样的队伍？值得泽兰姐那样不顾一切，干得有滋有味？但自己刚从白军队伍里出来，知道军队是个什么样子……他绝不想再穿上军装。

四

"哗啦……哗啦……"山风吹过灰暗的毛竹林，枯黄的竹叶打着旋儿地落了下来。夕阳西下，残云裹着巍巍群峰。在崎岖的山路上，桂声顶着一个破旧的斗笠，向着燕城方向急急行进着。

"啪嗒……啪嗒……"被惊起的几只白鹇扇动着翅

膀,从桂声眼前掠过,落到山路对面的土坎上,拖着长长的尾巴跑向竹林深处。看着消失的"白凤凰",桂声悄声祷道:"神鸟保佑,让我顺利救出佩兰。"

远眺巴溪和九龙溪汇合形成的燕尾状江面,波光粼粼。几条渔船在寒冷的江面上抛撒渔网。"呼……"一阵疾风吹皱水面,燕城在望。

越过一个陡坡,城门出现在眼前。通过铁索桥,城墙便清晰可见。墙头上堆满了沙袋,墙垛之间架着好几挺马克沁重机枪,粗黑的平射火炮膛体趴在墙沿上,像一条条粗壮的蟒蛇。这些武器可真够强大的,让两丈来高的城墙变得犹如铜墙铁壁一般。桂声转了转头,两个拢着袖子佝偻着背的哨兵,正居高临下地站着。风太大,桂声听不到他们在聊什么。

久历战火的城门上,弹孔发黑,模糊不清。焦黑的门楣上,胡乱钉着的两块木板,勉强遮住了一个大洞,那是炮弹留下的。大门往外几米远,并排摆放着几个残破黢黑的木拒马,上面缠满了铁丝和麻绳。拒马歪歪扭扭地靠着沙袋,沙袋堆得有三四米高,构成了一道窄窄的入城甬道。不远处是一片高地,有几间房子,白军士兵们进进出出,那是他们守卫桥头堡的营地。

走到城门下,桂声停了下来。一种强烈的孤单与茫然向他袭来。

落日余晖下,城门仿佛成了一头张开血盆大口的恶兽。都说男儿有泪不轻弹,只是未到伤心处。他知道白军的手段,知道那些酷刑的残忍,想到柔弱的佩兰根本经受不起,他禁不住落下泪水。

一定还有办法!他咬牙振作起来,绞尽脑汁,思索着能够接触到的人。白军不能指望——自己倒是认识几个白军,去申诉他们抓错人了?自己可是个逃兵,一旦验明身份,会被就地正法。指望红军?他们只是一群伤兵和农民赤卫队,也没有像样的武器装备。要攻进燕城,解放押狱,这样的队伍似乎不行。

桂声心事重重,脚步虚浮。他思来想去,踱来踱去,不知怎么办才好。就在这时,耳边突然传来一个声音:"小伙子,我看你印堂发黑,家亲必有遇祸事或是牢狱之灾啊。"在一座茶棚门口,一个戴着瓜皮帽的老先生已经打量桂声很久了。老先生说着话,嘴唇下的几缕灰白髭须不停抖动着,就像一只昂着脑袋的山羊。

看桂声注意到自己,老先生整理了一下身上的黑色直裰,指了指面前的一张草席,上面摆着一张八卦图,还有签筒、圣杯。这是个算命先生。

桂声明白这类人多是察言观色，以读心之术耍嘴皮子赚点小钱，本想一走了之，但走也好，逃也罢，又能去哪儿？不如摇个签子，看看天意如何。

桂声递过一个铜板："打卦几个钱？"

"小哥仪表堂堂，老夫心生善缘，甘愿点拨，一个铜板也不取。"

"分文不取？"桂声心生好奇。

"不取分文！"老先生看着他正色说道。

桂声半信半疑地笑，坐在了老先生对面。

"所寻何事？"老先生伸着脑袋。

"寻前程。这边还是那边？"桂声眼睛左右各扫了一下，嘴里咕噜道。

老先生把拿起的签筒又慢慢放了回去，也看看四下，才缓缓开口："此事不用算，左右前后皆不论，若想奔前程，童子军里寻。"

童子军是大刀会的法兵，这些人四处抢劫，就是土匪。桂声迟疑地站在那里，心想自己虽然是个白军逃兵，但还不至于和一伙土匪混到一起。但又一想，大刀会人多势众，经常被国民党利用去打红军，和很多长官都有私下联系,如果借助他们的关系,也许能救出佩兰。这样一想,桂声换了个笑脸,对着老先生作了揖:"我久闻大刀会威名,可惜无缘入会,不知老先生可有门路?"

老先生装模作样地又看了看桂声的面相,说了一些模棱两可的话。桂声又递过去一个铜板,那算命先生也不兜圈子了,递过来一张用朱砂写的黄符:"拿着我的这道仙符,去贡川杨公祠堂,拍门三声,张师傅自会引你入会。"

从燕城到贡川不过五十里地。桂声脚力好,天刚黑下来,就赶到了杨公祠堂。他拍门进去,祠堂大厅摆着一张大石桌,石桌的年头看起来比上面那尊泥雕的真武大帝像还要古老。香火缭绕中,一群半大不小的孩子,全都穿着画有太极八卦图的黄色肚兜,围坐在真武大帝的塑像前面。

桂声有些紧张。一个五十岁模样的人走过来,他就是张师傅。这张师傅问了桂声一些个人问题,桂声不敢如实说,胡乱编了几句。张师傅也不客气,接着就搜身,把桂声积攒的银圆全都掏了出来,说是暂为保管。桂声心里不甘,却不敢反抗,如果张师傅能帮忙救佩兰，那也值了，只得先忍着。

张师傅拿过一把大刀，置于桂声头顶。念叨了几句后，又在桂声面皮前后左右各比画了四刀。收好大刀，烧了黄符纸，桂声喝了黄酒，仪式就算结束了。张师傅把话引入正题："蒋介石正在攻打福州的起事队伍，梦溪的红军和白军要抢地盘。咱们这里不会太平，大家积极练习刀剑，任何人不得出门。"

一连十来天，桂声和一帮娃娃们都在积极训练。桂声在白军队伍里多少了解些简单的拳脚架势，娃娃们很多都向他请教。但桂声可不是来这里当教官的，他一直盘算着如何向张师傅开口说说救佩兰的事。就在这当儿，一个静谧的三更天，桂声被人从床铺上推了起来。

桂声穿好衣服，来到廊下。几个精壮小伙，手里拿着竹棍和麻绳，立在那里。张师傅神情诡异地说："听说梦溪的红军要进攻咱们，为保无虞，为师特地在后山选了两口阴间棺木，这样才能慑住他们。今晚恰是吉时，大家一起把它们运回祠堂。"

桂声跟着众人来到后山。在一座存放棺木的义庄里，大家按照张师傅的指点挖开一处荒草丛生的土坑。大家一边挖一边害怕地发抖，他们不是怕棺木里的尸体,而是怕挖坟掘尸遭到报应。

费了半天劲,两口棺木被抬了出来。看来棺木埋的时间不长,还没有尸体腐败的气息。众人用绳子捆绑结实,稳稳抬起棺木往祠堂赶去。

这两口棺木实在太重了,大家一路上走走停停。张师傅说,这是上等木料,具有的能量也最大。直到东方露出鱼肚白,两口棺木总算运回了祠堂。在张师傅的指挥下,两口棺木被放入祭坛下面的暗格。张师傅再次一一交代,天机绝不可泄露,一旦泄露,挖坟掘尸的罪孽会遭报应。几人赌咒发誓后,各自回房歇息去了。

桂声总觉得这里面有诈。等到众人都睡熟了,他悄悄爬起来,掀开祭坛下暗格的石板,用撬棍将棺木打开一角,伸手往开口处一探,抓出一把黑色粉末。就着月光,桂声倒吸一口凉气。他识得这些东西的威力——两口棺木里,满满的都是黑硝!

早晨,桂声睡梦正酣。他梦见洌口激战后逃跑的路上遇到了白军督察队,一把有两个枪口的手枪正瞄着他,让他举起手来。"不好了,红军围过来了!"一阵喧哗把桂声吵醒了,眼前没有白军,娃娃兵们正慌乱地起来穿衣服。

大厅里挤满了青布缠头、朱砂涂脸的童子军,有的擎着黄旗,有的手持大刀,有的拖着红缨枪。大家全都齐刷刷站着,等待张师傅发话。

张师傅出来了,脸色黑沉。停了一会儿,他将神坛上的一坛黄酒搬下来,让大家每人喝了一口,然后就领着一帮娃娃们冲了出去。

"缴枪不杀,红军优待俘虏!"仿佛从空中传过来这么一句话。桂声裹在人群里,这声音听着有点耳熟,但又分辨不清。

"有圣君护佑,刀枪不入,杀呀!"张师傅右手挥舞大刀,一马当先地冲了出去。

"啪,啪!"两声枪响,张师傅一头栽倒,一动不动了,身下慢慢渗出血来。桂声看呆了,想起从前在田里插秧时,把腿上吸着的蚂蟥拔掉,湿漉漉的皮肤上会流出这样的血迹。

童子军们猛地停下脚步。桂声紧张的心提到了嗓子眼。在白军部队里,长官们乘坐吉普车时常常这样停在急行军队伍的一侧,破口大骂以提高行军速度。

"你们的师父死了!"那个熟悉的声音又喊了一声。

"咚咚……嗒嗒……"娃娃们一个个像泄了气的皮球，纷纷丢下了武器。

"你叫什么名字？家住哪里？……"桂声正跟着俘虏们一起排队登记，肩膀突然被拍了一下。是泽兰。

五

新年刚过，就传来不好的消息，福州起事的队伍失败了。但这没有影响泽兰和她的赤卫队，他们正陆续往燕城北门九龙溪对面的一片林子里运送物资。

北门外河面上的铁索桥，被驻守的白军死死卡住。红军要想从这里渡河，难度太大。为了减少伤亡，就要在北门和西门之间的一段水域上另搭建一座浮桥。在红军到来之前，赤卫队要做一些准备工作。

桂声无事可做，回家待了几天。觉得无聊，他又返回到泽兰身边。桂声经常见到赵副队长组织人员擦拭武器。他们擦拭得很认真，只是那些武器实在太差劲了。轻重机枪算是好的了，但只有四五支。不少人背着大刀、扛着梭镖，还有拿着红毡包裹的毛竹管，涂有锅灰的假枪假炮。可用的枪支中，大部分缺胳膊少腿，甚至连扳机都没有，长枪大多是些毛瑟枪、单粒快，最好的也不过是汉阳造,这和洵口战斗时的对手相比差得太远了。

一支红军小分队也加入了进来,这是梦溪红军医院里康复的红军战士临时组成的。不久,城里的侦察员传话过来,说白军注意到了对岸的赤卫队营地,可能会过岸攻击。泽兰和红军小分队指挥员也密切观察着城门外白军营地的一举一动,做着应变的准备。

一场细雨不期而来,淅淅沥沥地淋湿了地面。这天,在竹林的掩护下,泽兰来到九龙溪边。溪水湍急,水面泛起层层波浪。远远望去,雨幕下的铁索桥静静横跨在北门外的河面上。九龙溪流动的节奏像摇篮曲,四下祥和。

见白军没有任何行动迹象,泽兰回到营地。刚要坐下,情况发生了。执勤的哨兵像子弹一样射进帐篷:"北门土堡的敌人出动了!"

白军很快在铁索桥上占据有利地势,先头排甚至已达桥面中线,呈一线,向对岸的赤卫队营地射击。白军先头排只是试探,由于担心对面有红军大部队,最开始并没有渡河的打算。敌人目的很明显,只是袭扰对岸。

营地里只有少量红军,武器也不占优势。赤卫队员不敢冒进，只能据守在各自战斗位置，凭借掩体与白军展开战斗。雨势渐大，电闪雷鸣，混合着枪声，响成一片。

战斗已持续了两个小时，敌人发觉了赤卫队的薄弱之处，炮火越来越猛烈。白军先头排开始试着往前推进。赤卫队伤员激增，泽兰在阵地上来回跑动着给大家鼓劲："我们的地势比白军有利，一定要牢牢守住桥头，不能让白狗子们扑过来！不要紧张，敌人也害怕咱！"

赤卫队营地上不断落下白军的炮弹。赤卫队人员全部压到一线，配合红军小分队，紧紧锁住桥头。这是个有效的战术，只要锁住桥头，白军就不会形成真正的威胁。

另一个方向上，红军小分队边打边转移，吸引着白军的炮火，希望减轻桥头方面的压力。狡猾的白军并没上当。他们的增援上来了，大部队从城门内陆续向着北门桥头涌来。

"敌人太多了，弹药快用完了！"赵副队长低着脑袋，弯着腰，在阵地上来回跑，一边跑一边喊着新的情况。战斗让他兴奋，他查看每一处掩体，仔细评估每个地点的防御情况。跑完一圈后,他满脸尘土地对泽兰说:"白军的攻势太猛了,我们的弹药撑不了多久,再这样下去,大家都会成为活靶子!"

泽兰蹲下来,仔细观察着前方的铁索桥:赵副队长说得有道理,白军的火力越来越密集,我方的弹药所剩无几,人员聚集在这里,只会被敌人的炮火各个击破,唯一的出路就是破坏铁索桥,切断敌人的追击路线,为队员们争取撤退的时间。

"赵副队长,"泽兰转过头,声音冷静而坚定,"我们必须炸掉铁索桥,否则大家谁都走不了。"

赵副队长马上说:"好,我带人去炸!"

泽兰说:"炸桥我去,掩护交给你!我的水性比你好,你组织战斗比我好!"泽兰自小水性就好,赤卫队负重泅渡燕江,泽兰拿过第一名。

赵副队长也不多说,一把抓起地上的步枪,对着身边的几名队员命令道:"你们几个,跟我来!掩护队长行动,各人守住自己的火力点,谁守不住,我就给谁留颗子弹!"

他一挥手,动作干脆利落。几名队员立刻如离弦之箭般散开,他们的脚步轻盈而迅捷,转眼间钻进了几米远的一道壕沟里。

"给我把白狗子的火力打下去！"赵副队长话音未落，队员们的枪声就响成了一片。赤卫队员们手中的轻机枪喷吐着火舌，这一波，真是把对面的白军压得抬不起头来。

趁着这个当儿，泽兰和几名赤卫队员迅速赶到铁索桥边。铁索桥是用粗铁链固定的，无法砍断，队员们试着用手榴弹炸了一下，也不能完全破坏。敌人增援的兵力正试图向铁索桥中部突进，情况万分紧急。要想彻底阻止敌人，只能从中间破坏铁索桥，泽兰对身边几名赤卫队员说："你们见机行事，我游到河中间去。"

这个方案太冒险。但是，不炸断铁索桥，敌人就要冲过来，后果不堪设想。"我俩一起炸，确保万一！"泽兰一回头，赵副队长不知啥时跟了上来，正往身上捆一个炸药包。

"你怎么……"

"我这命你给的！"

"好！"泽兰来不及说别的，心里翻过一股热浪。

桂声趴伏在阵地上，紧张得喘不过气来，又有一种莫名的兴奋。这支看起来破破烂烂的队伍，打起仗来竟这么猛。他想起洵口战斗中那些白军的惨败。

白军似乎觉察到什么，冒着弹雨前来查看。故意露出身子踩着水的赵副队长就像站在大地上一样，举起枪就向桥面上一顿扫射。敌人被河水里的子弹吸引了，火力开始往这边集中。桥身另一面，泽兰一个猛子扎到了水面下。凭着感觉，她游到了桥身近前，迅速钻出水面。就在这时，一个白军士兵无意间回过头来，泽兰抓住机会，冲着那张惊讶的嘴巴奋力扔出了炸药包。

那个白军士兵的枪同时响了，"嗒嗒嗒嗒……"一阵扫射。泽兰中弹了。

"轰！"一阵震耳欲聋的爆炸声响起，铁索桥上的火力点被炸烂了，桥面在巨大的冲击波下剧烈摇晃，随即轰然倒塌了半边。碎裂的桥体坠入河中，激起滔天巨浪。巨浪倒拖着泽兰的身体，翻腾着将她吞没。

六

赤卫队重整营地已经是一个月后的事了。泽兰被救了上来，赵副队长却牺牲了。

从江西赶来的红军大部队驻扎在燕城周围，白军龟缩着一动也不敢动。白军的大部队眼下都在福州撤不回来，红军必须抓住这个时机一举拿下燕城。

上次战斗后，敌人加固了北门铁索桥，拆毁了西门浮桥，凿沉了九龙溪沿岸的船只、竹筏，一把火烧了城墙外围大片棚屋。

眼下，红军一个团就驻扎在北门外的这片区域。红军清除了燕城外围的敌人，占领了燕城西门的洋顶山土堡和南门的南塔山土堡。他们新的任务是打开城墙缺口。解放燕城只是个时间问题了。

大战在即，各项准备工作正紧张进行着。这天，泽兰去红军部队开会回来，要去城边走走。桂声跟在身边，挎包里装着一些吃的，那是泽兰让他准备的。

泽兰的肩膀上还绑着纱布。一个月前的那次战斗中，她跌入河水时，肩胛骨被子弹打穿了。看到泽兰的伤，桂声就想起赵副队长，这个直来直去的人，真是很重义气。桂声又想起乡苏主席说的"赵副队长只听泽兰的"。

提起赵副队长，泽兰很难过。通过泽兰的描述，桂声也更多地了解了赵副队长这个人。早先，赵副队长自己拉了支队伍，认为只要自己有人马就能做土皇帝。这种缺乏头脑的见识让他很快被白军盯上了，被利用去对付红军。他哪里是红军的对手,第一次和红军打照面就被活捉了。他本来是要被杀头的,泽兰知道他的品性不差,就从刀口下救了他。赵副队长比较莽撞,这几年,泽兰故意把他放在家乡磨磨性子。直到上次战斗前,赵副队长软磨硬泡,再加上确实需要人手,泽兰才让他把队伍带了过来。

两人边说边走,走到一排棚屋跟前,门口有七八个老人坐在地上,他们望着远方,目光呆滞,神情麻木。几个小娃娃偎在母亲怀里哇哇大哭,他们的母亲已经没有奶水了。还有一些男人和女人,在烧焦的棚屋里翻找着食物和可用的家什。

泽兰把挎包里的食物分给了他们,然后对桂声说道:"不彻底消灭吸血的白军,穷人就别指望吃饱肚子。"

经过几天的战斗洗礼,加上从前线过来的红军战士的描述,桂声晓得,面对四面围堵的白匪,红军虽然每每能够死里逃生,但周遭形势却在日益恶化,各类物资已经相当匮乏,亟待补充,拿下燕城一定要快!但望着高耸的燕城城墙,这谈何容易。

泽兰的话让桂声感到了某种气氛,于是问道:"泽兰姐,这次开会都说了啥?"

"白狗子们在东方战线上攻得猛，妄图完全封锁苏区，再发动进攻。眼下，中央苏区的压力太大了，如果我们拿下燕城，就等于在这道封锁线上撕开一道口子，白狗子的意图就难以实现。拿下燕城，就能筹措出粮食来支援中央苏区。所以，方团长在会上指示，必须尽早拿下燕城。"

"什么时候算是尽早？"

"白军大部队还在福州，要赶在他们回来之前。就是……燕城城墙太厚，不好攻。必须造'棺材炮'！"泽兰语气坚决，但也显得非常焦虑。

"棺材炮？"

"咱们的部队一月份打沙县的时候就用过，威力惊人哪。'棺材炮棺材炮，地动山摇把命交！'听名字你就知道，棺材里面塞满黑硝，添上碎石块、铁秤砣，爆炸后，多高多厚的城墙都得直接掀飞。只可惜，黑硝不够。"

"黑硝？你是说神火？"桂声眼睛一亮。

"对，神火就是黑硝。"

"我知道哪儿有！"

"哪儿？"

"杨公祠堂大刀会。"

"那不是被连锅端了吗？"泽兰一脸疑惑。

"又聚集了，一个叫刀疤子的土匪是他们的师父。这家伙是个外乡人，以前在江西那边山坳里当响马，过来这边劫掠，就留下来了。"

"你怎么知道？"泽兰疑惑地看着桂声。

"上次回家，我又去了一趟杨公祠堂，见过那个刀疤子，他希望我过去当教官。"桂声红了脸。

这些日子，桂声想明白了。红军和白军是两路人。红军解救受苦受难的人，让大家都有地种，有衣穿，不受剥削，不被人欺负，人人平等，有好日子过。相比起来，白军就是土匪。他当过白军，抢过穷人，想来多么羞愧。他想着把这些心里话和泽兰说说，但不是现在，一定要等一个适当的时间。

红军首长批准了泽兰攻打大刀会的计划，并派一个排的兵力配合行动。作为内应，桂声要设法潜入大刀会，并在二更天时想办法从里面打开大门，泽兰则带人按时发起进攻。这场战斗要组织得十分严密，分秒不能有误。否则，不但黑硝拿不到，桂声也很可能活不成。

从梦溪到贡川的山路两旁，翠绿的方竹修长挺拔。竹子不用辨别是非，也没有成败悲喜。黄昏时分，微风拂过，竹叶摇曳着，在夕阳的照射下闪着光。路上的桂声心情却不轻松，他要拖到天黑后再进入杨公祠堂。

晚上七八点的时候，桂声赶到杨公祠堂。他蹲在祠堂对面的一片艾草丛里，判断着院内的动静。草籽成熟脱落的绒毛飘在空气中，弄得他嗓子痒痒的。他打了个喷嚏，走过去敲了门。

四处亮起了灯笼。一个窄小的角门那里有人问话："谁？"刀疤子阴狠狡猾，把祠堂大门改装了，平时只开一个小门。

"我叫桂声，找刀疤子大哥。"

桂声进了大院，一帮人正在花天酒地。刀疤子埋怨桂声不早点过来，然后就拉他坐下喝酒。

桂声不停给刀疤子敬酒："大哥，我想了想，还是跟着你干吧。"刀疤子也不推辞，说今天先喝酒，明天就给桂声主持个仪式。

将近二更天了，大伙儿全都醉意蒙眬。听着二更天的鸡叫，桂声站起来说要撒尿。他假装喝多了，一边跟跟跄跄地走,一边留意着大门。走着走着,桂声就尿到了大门那里。执勤的哨兵对着桂声哈哈大笑:"兄弟,床头尿罐子,你也不是个盛酒的家伙啊!"

桂声假装要扑倒,哨兵上前要去扶他。就在这一刹那,桂声一把卡住哨兵的脖子,随后拉开了大门门闩。门外,躲在暗处的赤卫队员早就准备好了,一拥而上冲进院子里。

七

通过麻袋分装挑运下山,这批黑硝被很快运到了燕城前线。除了自愿回家的,一百多名大刀会人员也加入了赤卫队。

"桂声,你的功劳可不小呢,有了这些黑硝,棺材炮就不愁了!"谁见了桂声都要赞一句。

棺材炮很快准备好了,但敌人在城墙头上架设了机枪,想在他们的眼皮底下把炸药送到城墙根上,可没那么容易。一连几天,小分队都被城墙上敌人的火力逼退,十几名红军战士负了伤。

这天傍晚,阳光被一片乌云遮住,指挥所里一片昏暗。泽兰在那里急得团团转,桂声垂着脑袋,尽量不看她。这些天,桂声成熟多了,他学会了静心等待,思考着去救佩兰的种种细节。

乌云越积越多,要下雨了。地面上,一群蚂蚁拖着逶迤的队伍,涌向自己的巢穴,那巢穴就在桂声坐着的凳子下面。桂声从笤帚上折断一根枝节,一点点把蚂蚁的巢穴打开,突然他大叫了起来:"地道!泽兰姐,挖地道!"

"挖地道?"

"对,挖地道!把棺材炮运到城墙下。"桂声走到外面,指着北门外一处离城墙七八十米的棚屋,那里刚好被一个小小土包挡住,不容易被城墙上巡逻的白匪看到。

挖地道方案很快得到了红军首长的认可,大家一起对这个方案进行了优化。为了迷惑城墙上的白军守军,红军大部队在离城二三里的地方照常吹号、出操、训练,做出正面攻城的架势。白军这边也没怠慢,据城里传来的消息说,伪县长亲自带着两个挑夫登上城墙,给驻守城头的白匪发放光洋。桂声知道,要不是有人怕被督军一枪崩了,可能已经逃掉大半,这些光洋有什么用。

那个看起来毫不起眼的小土包,此时至关重要。只是，此处单兵往返很容易，要把两口棺材运过去，再开挖出一个土坑，就没那么简单了。城墙上的敌人时刻监视着，机枪早已开了保险。

这一天，城池北门外，一支队伍哭声震天。这是一场大家族的葬礼。上百人穿着孝服，拖拖拉拉的队伍有一二百米长。二十几个年轻人抬着一口高大的棺木，队伍缓缓行进，前面是旗幡引路，鸣锣开道。随后一队人举着绣有虎、豹、狮、象的生幡队，接着是四名儿童抬着灵轿，那里面是死者的牌位。灵轿左右是小乐队，曲调咿咿呀呀。灵轿之后，是送葬宾友、灵柩、孝牌、孝眷、族党戚属，最后是挑晦饭和举着百子千孙灯笼的人群。哀乐队要击醒九龙溪里的水龙王，锣鼓声响天震地。再近了，是鞭炮声和哭天喊地声，到处飞舞着纸钱。

城墙上的白军士兵好奇，又羡慕地看着，盘算着自己死了是不会有这样气派的葬礼的。上面来了命令，绝不能让这支队伍靠近城墙。值班长官让士兵们用火力试探一下，但冲撞死人魂灵会让自己蒙上灾祸，信奉神灵的白军士兵都不敢轻举妄动。还好，送葬队伍到了城门外不远的小土包停了下来。死了先人埋在这里？这也算个上等的所在了，能高高地望着九龙溪。

埋放棺材的土坑很快挖好了，这是一个能放下十几口棺材的大坑。葬好了棺材，哭哭啼啼的队伍又浩浩荡荡地折回。土坑里，一群年轻人脱掉了孝服。他们中有身经百战的赤卫队员，也有刚刚加进来的童子军娃娃兵，还有十几名红军。他们要从这里把坑道挖到城墙下。

桂声拿出锯子，把大家带来的锄头、镢子都锯成了短柄，更便于在坑道里操作。在白军队伍里时，桂声的挖掘技术得到过长官的表扬。坑道的防护层约三米，坑道宽一米二三、高一米三四，里面狭窄逼仄，空气不通，时间长了会闷得难受。桂声反复给赤卫队员们讲解坑道挖掘的要点，要求每人只能轮流挖二三十分钟。

别看这些娃娃兵们身材矮小，掘进速度却比大人要快出一倍。第一天挖四五米，第二天挖七八米，第三天起，每天可以前进十多米。第四天，麻烦来了。一名顶在最前面的赤卫队员突然晕倒，后面的几名红军战士也不停呕吐。桂声认真查看了现场，原来是挖到了老百姓的粪坑，粪便流入坑道，大家出现了沼气中毒的症状。红军首长很快增派了一个作战参谋，对如何用木头门板支撑洞壁洞顶防止塌方、如何解决渗水、如何运土沙等关键地方做了指导。

第七天，一切准备就绪。装满炸药的两具棺材被铁丝捆紧，顺着坑道推进到城墙中心，然后用打通的竹子连通火药，一根一根接好，一直延伸到指挥部里。

阵地上，泽兰总算闲了一会儿。桂声像是想起什么似的问道："听乡苏主席说，你把首饰和家产都卖了，捐给了红军？"

泽兰正想着怎么回答桂声，旁边的几个红军"唰"地站了起来，是几位红军首长到了阵地上。爆破前，指挥部要对战斗前的每一个细节都进行详尽的检查。

"泽兰队长也在。"一个熟悉的声音传过来。

"方团长！"泽兰快步向前。桂声一看，这不是红军医院里见到的那个小个子红军吗？原来他就是方团长。而旁边站着的勤务兵，竟是桂声在梦溪城外遇到的那个满脸书生气的青年。

"这就是为我们请来神火的英雄桂声吧，泽兰队长专门汇报了你的功劳。"方团长转过身，和桂声握了握手。

方团长的手很硬实。桂声不好意思地推辞："我没有……我没有……"

泽兰高兴地说："桂声，不管你愿不愿意参加我们的队伍,你现在都开始做革命工作了,等打下燕城,你就跟着方团长北上!"

"北上?"桂声有些不解。

"日本人占领了华北的塘沽、华东的苏州河,威胁中国的主权和领土完整。国民党反动派却造谣中国共产党的苏维埃和红军不抗日。打完这一仗,留下苏维埃政府,我们就把队伍拉到华北去,就要在全中国的民众面前证明红军的立场。"泽兰的言语里透着一股力量。

这一次,桂声听懂了。

八

这是一个晴朗的黎明,九龙溪上的雾气像一层薄纱似的飘荡着。溪水不紧不慢地流淌,阵地上的士兵却焦躁异常。临战前的气氛非常紧张,大家正抓住最后一点时间,反复调试武器装备,把枪支挂得更顺手一些,把手榴弹固定得再稳一些,把布鞋捆绑得再紧一些。

阵地上的草叶儿沾满夜露,丝毫不知道接下来的时光意味着什么。战斗还没有开始,空气中似乎已经弥漫着呛人的火药味儿。泽兰带着队伍配合红军作战,他们的目标是城内的白军主力。桂声被分到了一个排的赤卫队中，他们会在战斗发起后直奔燕城监狱。

桂声一夜未睡，双眼布满血丝，紧紧盯着前方。他和队员们匍匐在新建的浮桥旁的一道狭窄壕沟里。潮湿的泥土粘在身上，寒意透过单薄的衣服渗入骨髓。四周一片寂静，只有远处偶尔传来的零星枪声和风声。桂声握紧了手中的步枪，深深吸了一口气，心跳却愈发急促。

三颗红色信号弹划破长空，瞬间撕裂了夜幕。桂声的瞳孔骤然收缩，紧接着，地面开始剧烈震动，仿佛大地在怒吼。他猛地捂住耳朵，低下头，身体紧贴着壕沟的底部。耳边传来震耳欲聋的轰鸣声，仿佛整个世界都在崩塌。

"轰隆——"一声巨响，远处的"棺材炮"开了花，火光冲天而起，浓烟滚滚，遮蔽了半边天空。桂声感觉到一股热浪扑面而来，空气中弥漫着硝烟和焦土的味道。他抬起头，"棺材炮"爆炸的火光腾空而起，城墙崩塌出一个两三米高、十来米长的大口子。

"总攻开始了！"泽兰低沉而坚定的声音在耳边响起。紧接着，嘹亮的冲锋号吹响，冲杀声、枪弹声震天动地。红军战士像子弹一样飞速穿过硝烟弥漫的城墙缺口，后续部队像洪水决堤一般漫了上来。敌人疯狂还击,对面飞来的炮弹像飞蝗一样密集。

和着炮声,桂声和三十多名赤卫队员迅疾冲进城去。必须尽早找到佩兰!在枪炮隆隆的街道上,他们飞快地奔跑,桂声心中始终回荡着这个念头。拐过一个街角,燕城监狱就在眼前。空气躁动着。头顶上,炮弹炸开的尘烟嘶鸣着向前奔腾,裹挟着一段段带着叶子的树枝。桂声跑在最前面,一个排的赤卫队员紧紧跟在他身后。一发炮弹"咚"地打在监狱门口的石柱上。桂声被一股气浪冲击着,嘭的一声飞起来,重重地摔在了地面上。

不知过了多久,桂声醒了过来,他摸索了一会儿,然后回过头,身后的赤卫队员也被炸得七零八落。桂声艰难地爬起来,扶起几名轻伤的赤卫队员,用力地说:"快,去监狱……"刚一站稳,一个黑影"嗖"地从头顶飞过。紧接着是一片蓝光,一声沉闷的巨响,大地哆嗦起来。又是一发炮弹,"轰"地炸塌了半座建筑物。

桂声的脚步有些踉跄,朝着那正在冒黑烟的监狱方向拼命冲去。滚滚浓烟,像一条黑色的巨龙盘旋在废墟上空,刺鼻的焦糊味和血腥味混杂在一起。他的视线被烟尘模糊,耳边充斥着废墟中传来的呻吟声和呼喊声。

几名赤卫队员已经从最初的震惊中恢复过来,紧随其后,冲向那已经垮塌的监狱。然而,当他们真正站在废墟前时,所有人都愣住了——眼前的景象令人绝望。巨大的石块、断裂的钢筋、破碎的砖瓦堆积如山,仿佛一座无法逾越的屏障。

"这……这怎么挖?"一名年轻的赤卫队员声音颤抖,手中的铁锹无力地垂了下来。桂声没有说话,死死盯着那片废墟,拳头攥得咯咯作响。这废墟实在太大了,就算他们不吃不喝、不眠不休地挖上十天十夜,也挖不下十分之一。

"佩兰!……"从监狱残垣口冲出来,桂声就像失掉了魂魄。

大街上瓦砾遍地,一片杂乱。从监狱通往县衙的巷道里,一队白军士兵和保安团人员低着脑袋只顾逃命。桂声提着枪,循着他们的踪迹追了过去。一定要找到谢林发报仇!桂声沿着街道一间间房屋地搜查。只有饿疯了的独狼才会这样搜寻巢穴里的鼹鼠,任何一个巢穴都不会放过。

穿过几栋倒下的房屋,桂声朝着一间茶楼的后门奔去。那扇门虚掩着,门上的把手还在晃动。桂声一抬头，几个白军和保安团人员围成一簇，拖着一个人拼命狂奔。

"谢林发！"桂声大喊着，举枪就追。他跑得太快，瞄得不准，连着两枪都没有击中。拐了一个弯，是一个地面潮湿的胡同。胡同两旁的房子被炮弹炸得东倒西歪，一根倒掉的房梁遮住了视线，那簇人一转眼就不见了。桂声刚要躲开那根房梁，就听见前面"砰砰"两声枪响。他猛地加速奔跑过去，正看到泽兰的身体像一片枯叶般缓缓倒下。她的手枪甩在一旁，胸口被鲜血染红，顺着她的指缝浸透了她的衣衫，也染红了她身下的土地。

"泽兰姐，泽兰姐……"桂声扑通一声跪倒在地，双手慌乱地按在泽兰的胸口，温热的血液从他的指缝间喷涌而出。"别……别！求求你，别死……"桂声哭喊着。

泽兰眼神涣散，身体微微抖着，她的呼吸越来越微弱，努力地看向桂声："桂声，你……不是问我……为什么捐出……"她没能说完，就闭上了眼睛。

四周的枪炮声依旧轰鸣，硝烟弥漫。炮弹炸塌了旁边的房子，炸开了的木屑纷纷落下，把地面铺满了。战

49

士们在前方追击残敌,四下没一个人影。桂声站起来,模糊的视野里,一切都像被水洗了一样,衣服也是湿漉漉的。他下意识地看了看脚下,炮弹炸坏了窨井里的水管,水花四溅开来。

战斗进行得撼天动地。红军阵地上,炮弹更加凶猛地发射过来,接连的爆炸声让桂声的视觉和听觉都产生了错乱。他觉得有一只杜鹃鸟窝在耳根下,啾啾蹦跳。炮弹的闪光摇曳着,他摸了摸左侧脖颈那儿,一片黏湿,一块弹片削掉了他的一块头皮。他跪倒下来,四下天地昏暗,殷红的血顺着他的下巴,浸入燥热的土地。

桂声在红军医院被窗外一浪接一浪的整齐呼喊声震醒。他的头部伤势严重,包扎得只剩下两个眼睛。他费力地抬起半个身子靠向外面,想听清这铺天盖地的呼喊声在说什么。

看他醒来,旁边的战友非常欣喜:"他们在喊'赶走日寇,坚决抗日',我们的北上抗日先遣队要出发了!"桂声愣了一下,这才意识到自己不知道躺下多久了。"北上?燕城……"他嘟囔了一句。"燕城已经解放好些天了!"战友朗声说道。

桂声愣了愣，头脑昏沉。记忆有些模糊，恍若过了很多年。他转过头四处张望，目光停了下来。房间很大，对面墙角处有个护士正在收叠一摞绷带。护士背对着他，留着新式的短发。他盯着那背影，突然激动起来。他费力地发出点声音，护士闻声转过头来——正是头戴红五星帽的佩兰！

她跑过来，抱住他，泪水滚落。昏迷这么多天，他不知道发生了哪些事，只记得泽兰倒下了。她帮他回忆起那天的点点滴滴。那天很幸运，泽兰带着队伍追上了押运的车辆。只可惜在后面的战斗中泽兰英勇牺牲了。战友们含泪将泽兰的遗体运回小陶集，在九龙溪畔埋葬，立下碑记。

泽兰的牺牲让桂声和佩兰充满悲伤，也让他们一下失去了主心骨。桂声母亲和佩兰父亲原打算让他们先结婚，但他们觉得现在不行。兜兜转转过了半个月，桂声伤势渐愈，他和佩兰做了一个新的决定：他们要跟随姐夫，参加先遣队，北上……

逊克河秘事

一

20世纪最后一个夏天的某个上午,在逊克县车陆乡温家屯子北侧,逊克河汇入黑龙江的一处江岸上,当地居民发现了一座被雨水冲刷出来的二战时期的坟墓。坟墓的对岸,是俄罗斯阿穆尔州米哈伊洛夫区波亚尔科沃镇。

几十年前,波亚尔科沃密营曾是抗联战士越界栖身之处。博物馆的工作人员最初以为这里埋葬的是抗联战士或苏联红军。直到对衣物和一个瓷质肖像随葬品鉴定后,他们认为这里埋着的是一名日本军人,而且是一名女性。这则消息公开后的某天,在一档口述历史类的电视节目上,一位当年的抗联女兵提到,当年是她亲手埋下的这枚瓷质日军肖像，而坟墓里埋着的人，则是一个日本军人的妻子，名叫美佐。而这个美佐并不是日本军人。

这些消息激起我的兴趣。这个日本军人是谁？穿着日本军装死去的美佐又是怎么回事？慢慢地，我又了解到，这位抗联女兵在十五岁那年被日军强暴，加入抗联后，又在林海雪原和日本人战斗了八年。这样一个身怀国仇家恨的抗联战士，为什么要为一个日本女人安葬？这个疑问更成为我的一个心结。再后来，也是一个夏天，我见到了她。那天，她穿着一件短袖，脖子上围着一块纱。我坐下后不久，她就讲了下面这个故事。

我家就在温家屯子。十五岁那年夏天，驻扎在逊克的两个日本兵去屯子里搜捕反抗分子。他们到了我家后，就发生了那些事。日本人对我开了枪，以为我死了，就扔到河里。抗联战士不知从哪儿冒了出来，把我从逊克河水里救了起来。那时候，抗联战士神出鬼没四处伏击敌人，意外在河边发现了我。国难当头，我既然活下来了，就要去杀鬼子。我下了决心，跟着队伍走。日本人那时候很凶残，把整个东北揉了个稀烂。抗联队伍不能和日本鬼子硬碰硬，就把营地安在了苏联一侧，我也就跟着到了波亚尔科沃镇。

我们生活在波亚尔科沃丛林的一个个密营里，男同志主要练军事，我和部分抗联女兵练习战伤救治。我们很想去和日本人战斗，但苏联红军给我们的任务是养精蓄锐，等待命令。那些日子我很着急，恨不得马上就出发，哪怕能杀一个日本鬼子，我这条命活下来也就值了。很快，国际形势的变化给我们带来了机会。日本人在诺门罕大败，之后增加了关东军的数量，这把苏联给难住了。那时候，苏联在远东部署了一百万红军，日本关东军要干什么，苏联摸不清，这一百万红军也不敢动。苏联情报部门要对日军进行侦察，但他们浑身是毛，一过江就会被日本人认出来。这个任务就交给了抗联。

有一天，我们密营的负责人赵队长召集了几个人开会，我也是其中之一。赵队长说："逊克县的抗联最近损失很重。我们查清了，靠近车陆乡有个叫十部的开拓团，成立了一个专门对付抗联的军事组织。这个开拓团有个木柴厂，日军很少，我们组织力量攻打一次，捉个俘虏回来，摸摸这个开拓团的情况。"我是逊克人，对地形熟悉，就成了这支队伍的向导。

我们的小队有七名队员。我那时十七岁，但已经在抗联队伍里战斗了两年，算得上有些经验。河面上没有任何能够遮挡的地方，渡河的话遇上日军比在陆地上遇到要危险得多。我们是傍晚出发的，苏军提供了渡江用的炮艇。一开始有点不顺，江对岸的日军警备队加强了戒备，能听到日军狼狗的叫声。为了躲避日军的侦察，我们的炮艇沿界江来回跑了很远。到了后半夜，我们想了个办法，把炮艇的马达关闭掉，悄悄漂到逊克河口附近的浅水区域。我们蹚水上了岸，确认安全后，摸黑赶路，藏到温家屯子的一处空草房里。那时候，日军对抗联实行严酷的"肃正大讨伐"，不仅重兵压境，还把散居在游击根据地的农户合并到大的屯子。我们屯子刚被合并走了，四处空空荡荡。

这个十部开拓团的木柴厂，几年前就开办了。干活的工人都是从关内骗来的劳工和抗日部队的战俘。我们制订了周密的计划，分了小组，做了预先埋伏。我们先是潜伏在木柴厂外围一个山坳里。这样黎明时分我们便能够分辨得清，防止误击劳工。那个时候，也是敌人最为松懈的时刻。三点钟的时候，空气中起了雾，这个时机再好不过,我们决定立即行动。

第一小组要控制守门的伪军。几个战士脚步迅捷,很快潜到了岗哨附近,趁着伪军打盹的瞬间,他们迅速扑了上去。这些伪军大多是混饭吃的农民,马上举手投降,把院里的情况说得一清二楚。这个木柴厂里,只有十来个日本哨兵,伪军们都住在后面那排厂房里。

控制了大门,柴队长一挥手,战友们悄无声息地摸了过去。敌人住的房间是一排通房,顶头的那间门口有盏油灯,不死不活地亮着。地面的草席上,横七竖八地躺着二十来个伪军。最里面的一个房间是单独的,能听到日本兵喝酒猜拳的声音。"不许动,我们是抗联!"队员们低声控制着外面的伪军,但还是惊动了里面的日本兵。外房墙壁上突然一阵木屑四溅,里面打出了一串子弹,日本兵接着要往外冲。有个队员,动作快得就像变魔术一样,伸手从身旁的伪军腰上摘下一颗日本"小甜瓜"手雷,甩手扔了过去。"轰!"的一声,整个厂房都震了一下。接着,一片哀号顺着烟雾从那房门和窗户中传了出来,带着一股火药味。柴队长一挥手,队员们迅速冲了进去。屋里屋外一片狼藉,几个日本兵横七竖八地倒在地上,两个已经没了声息。

归拢了一下俘虏，小分队这才发现，除了这几个日本兵外，还有一个日本女人。队员们把日本人绑到外面树上，然后把两百多名劳工都集合起来观看处决。那时候开拓团坏得很，抢占老百姓土地，强迫老百姓干活，却不准老百姓吃米，吃了就要受罚。那时候，抗联队伍的生存空间越来越小。日本人要赶尽杀绝，抗联哪能饶了这帮玩意儿。

柴队长来回走着，驳壳枪泛着冷光。他先是枪毙了几名作恶多端的伪军，以示警告，接着把枪口挨个顶着日本人的太阳穴，像是随时要开枪。"日本人抓住抗联战士往死里折磨，咱不能没人性，但也不能让他们死得太痛快。"柴队长这么一吓唬，日本兵就尿了，可不是电影里说的个个都有武士道精神的样子，我亲眼看见的，当时就有个日本兵浑身抖成筛糠尿了裤子，隔老远都能闻着一股尿臊味。

眼看要一一处决了，一个年纪很大的劳工佝偻着腰走了过来。他有点害怕柴队长，绕过他来到我跟前，紧张得结结巴巴地说："那个女的，不要杀她……"这个劳工，左颈有道疤，看起来像是被刺刀划开的。眼前的几个日本人一字排开，这个劳工为什么偏偏要让我们留下这个女人呢？我很诧异。我们对着一份名单找到了这个日本女人的名字，叫美佐，是在这个木柴厂里记账的。没多大会儿，又有几个劳工围了过来。开始他们并没有说话，直到我问他们为什么不杀这个日本人，他们才七嘴八舌地说开了。"她给我们送过退烧药。""上个月闹痢疾，她半夜给我扔了一包磺胺……"我听明白了，这个日本女人和那些日本兵不一样，心眼不错，看到工人磨洋工她不管，还给生病的劳工送药。

对于日本人，我们当然不会全杀，需要一个俘虏。劳工们这么一说，我和柴队长就交换了下意见，决定带美佐回去。

她握着搪瓷缸子的指节微微发白，喉间发出吞咽温水的声响。她把脖子上的纱仔细系了系，停顿了一下。正午的阳光正顺着窗户缝投射进来，温度很高，她开了电扇，却没有取下脖子上的那块纱。我忍不住问了句："你可怜这个日本人？"尾音尚未消散，她已放下茶缸，青瓷底磕在木桌上发出清脆的声响。

她沉思了一下，好像我这个问题不太好回答。她沉默了一会儿，眼尾的细纹忽然聚拢，指尖无意识地摩挲着杯沿，接着讲了一段家事："我爷爷是沧州拳的传人，二十岁就当了大户人家张府的护院武师，能在梅花桩上耍一手九节鞭。那年张府小姐及笄，整条街的灯笼红得能滴血。张家小姐张明玥擅长丹青，是不少富家子弟追求的对象。那时候，整个张府声名远扬，我爷爷的日子也过得很好。只可惜，好景不长。那年春分，张大少爷在赌场失手打死人，我爷爷被东家按着头画押顶了罪。"

"六年零七个月啊。爷爷说牢饭里的砂砾能硌碎牙，他就用碎碗底在墙上刻正字。他恨透了张家父子，每道划痕都是'杀张'二字拆开的笔画。唉，扯远了，扯远了……"能感觉到，她讲这个故事，是想表达一个什么观点。可能时间太过久远，她一下没有组织好语言。于是，她放下水杯，接着之前的讲述。

总之，我们把美佐带回了波亚尔科沃的密营。

审讯结束后，如何处置这个日本人成了问题，指挥部里发生了分歧。按照通常的做法，这个俘虏要移交给苏联情报部门。但是，美佐不是军人，苏联情报部门拒绝接收。最后还是赵队长拿了意见，决定暂时把美佐关押在密营，指定由我负责。

你要知道，在开拓团里，那些老百姓被日本人压榨得很可怜。这些劳工受到这个日本女人的恩惠，都是救命的事儿。日本人很坏，但美佐的情况有点不同。

考虑到大家对日本人十分愤慨，特别是那些被日本兵残害过的伤员，他们做梦都要杀日本人报仇，我把美佐安置在了密营后侧一个很不起眼的地窖里。这里原本是储存粮食的，美佐来了后，就一个人占用了这个处所。美佐的治疗需要一个石膏床架，但救护组物资缺乏。我就在简易的木板床当中挖一个窟窿，在地窖顶棚上做了固定，下面安装一个抽斗来代替。组织交给我的事，那是组织对我的信任，我就特别用心。白天我把美佐的地窖锁上，晚上再过去给她换药送饭。

美佐最开始很不配合我的照顾，不吃饭，不说话，只闭目躺着，有时还把被子踹到地上。有一次，我试探着帮美佐翻身舒展，美佐拧着身子不配合，甚至要动手打人。我就像什么都没发生一样，继续耐心地帮她把身子扳过来。她身上竟藏着一本书，名字好像是《万叶集》，一本日本的诗歌集。我看了看那书，感觉自己的决定是对的——一个读书的人，坏不到哪里去。我担心她还藏别的，就脱掉她的裤子检查。这才发现，美佐的小腹胀得特别厉害，鼓得像个小皮球。我知道这是憋尿了。很多伤员因为伤口靠近下腹，排尿时不敢用力，憋得尿不出来，十分痛苦。我端来脸盆，用杯子来回倒水，营造哗啦哗啦的流水声，没想到还真的成功了。

那次排尿事件过后，美佐虽然没说什么，但态度上转变了很多。时间长了，我们的关系就默契多了。美佐原本就会一些简单的汉语，那段时间，她跟着我又学了不少东北话。我也逐渐了解到，这个日本女人也很可怜。

美佐出生在一个普通的农民家庭，结婚后就在一个食品店工作，后来由于战争需要，就被强制派到中国东北的开拓团里。美佐的丈夫原本是个造船师，被强制参军后，也到了中国东北地区的日本陆军部队。他们都在这块土地上，却彼此联系不上。那些天，我们常常聊上很久，美佐说得最多的一句话就是："日本人这样，是不对的。"

纸包不住火。抗联伤员们还是得知了医院里住进了一名日本人。接着发生的，你就可想而知了。有一天下午，他们包围了美佐藏身的地窖。我当时正在洗衣服，一听到动静就拼命跑过去。一个姓孔的排长正在用手里的刀柄砸门。那门是桦树做的，他一时半会儿砸不开，急得直叫唤，声称一定要杀了这个日本鬼子。外面叫唤，里面也叫唤，美佐在地窖里不知外面怎么了，拼命地号叫。我使劲拉开孔排长，他歪斜的军帽下，左眼不停抽搐着，那道蜈蚣状的伤疤泛着油光。三个月前，日军的迫击炮弹片蹭伤了他半边头盖骨。

"他们往大肚子里灌辣椒水！"他突然转向人群大吼。那时候，经常有日本兵虐待中国妇女的残暴事件，大家都很受刺激。孔排长大吼着，左半边脸却像是被冻住的蜡像："我要灌死这个日本狗！""孔排长，孔排长，你认得我吗？"我一边拉他一边问。他的大脑不灵光，一阵一阵的。我这么一喊，他愣了下，眼睛眯成一条线，整个躯体像断线风筝般向左倾斜，"砰"地把尖刀捅进了我脚边的泥地。

他撑着刀柄站起来，一只手猛地揪住自己衣领："他们逼我们吃……吃……他们……"孔排长似乎就要发狂了，把尖刀放到自己喉咙上比画着："要这样……砰！脑袋会开花……"

我愣愣地站在那里，看着这个被伤病折磨到痛不欲生的战友，心里像有刀扎一样。我想起抢运伤员时，那些受伤的抗联战士，有的耳朵冻掉了，有的脚指头冻掉了，有的两脚冻得发黑坏死，脱鞋的时候，连鞋带脚一起脱落，有的血管也冻住了，胳膊掉了竟不流血……我想起这些天，每次手术后，都是一大盆截肢的脚指头、手指头。我都是趁着天黑，去偷偷埋起来。我恨日本，恨日本人！但对着这个美佐，我又恨不起来。这个女人的命运，一点儿也不比我好。而且，照顾她也是组织交给我的任务。

人群又骚动起来，几名伤员抬来一根木头。我不能让步，一让步，美佐这个弱小的女人就完蛋了。孔排长抱起木头就要撞门。我死死挡在门前，直直瞪着他。"我要打死这个日本狗！"孔排长吼叫着，一般人喊不出他那动静。他拳头攥得紧紧的，头上那道蜈蚣状的伤疤更亮了。

我没想到这个鲁莽的家伙竟然推我。我一个趔趄就摔地上去了。摔得也不巧，前额正好磕在地面的冰块上，"嘭"的一声，就像打碎了罐子。我一抬头，鲜血就滋滋冒出来了，顺着脸，把衣服领子都湿透了。我一流血，啥也不怕了。我撑着地爬起来，伸手就抓住了孔排长的衣领："国破家亡，我们哪个人不是恨不得杀光日本人?！你这不问青红皂白地杀，和那些日本人又有什么区别！"我发起疯来一点儿不比孔排长气势弱。他直接被我镇住了，瞪着大眼直喘粗气。"全部回去！"我索性横到底。我那满脸血把他们吓坏了，孔排长也厌了，就都回去了。

在波亚尔科沃密营里，大家慢慢接受了我对美佐的照顾，也接受了这位特别的伤员。大家陆续了解到美佐帮助中国劳工的事情，态度上也缓和很多。当时，物资极其匮乏，很多抗联伤员根本没有生活用品，而美佐的牙膏、牙刷、毛巾都很充足，还配发了新的棉衣、棉被和毛毯。美佐吃得也比抗联伤员好，每天能吃上大米、白面和肉，而抗联伤员只能吃到大豆、高粱米和土豆炖粉条。医护人员生活条件更差，每天吃的是粗粮，有时还要靠炒面充饥，由于营养不良，有的医护人员还患上了夜盲症。

大约过去了半个月，我还是一如既往地给美佐换药、翻身。有一次，正准备换药时，美佐一把拉住了我。她沉默了好久也没说一句话，但满眼都是泪水。

我关注着美佐，也一直关注着孔排长。这个从日本人炮弹下逃出来的汉子，情况很不乐观。有些天，他的病情反复发作，走路都很困难。但谁也没想到，这种情况下，他又摸到了美佐的地窖。我听到地窖里的号叫，赶紧跑过去，孔排长正把手枪抵在美佐的脑门上，嘴里含混不清地大喊大叫。我喝令他赶紧把枪放下，又跑过去挡在了美佐的身前，对他说："要杀她就先把我打死！"

"我要杀了她！"他吼叫着。

"照顾好她是组织给我的任务，随意违抗组织的命令，你这个兵也是白当了！"我用身体顶着孔排长的枪口。

我这么一说，孔排长就把枪放下了。美佐正要后退，一眼看到了那支手枪，抢了过去。这可把我吓坏了，以为这个日本女人要反击。哪知，美佐抱着手枪扑通一声跪了下来，哭得像个孩子，说这支手枪是她丈夫的。孔排长一下就愣住了，马上夺下那支手枪，头也不回地离开了。

从那以后，美佐就像变了个人一样。她每天都急着往外跑，要去找孔排长。我问美佐会不会是看错了，一样的手枪多得是。美佐说她看到了这支手枪上面的一个挂坠，挂坠上有丈夫的肖像。美佐之所以要找孔排长，是要弄明白她丈夫在哪儿，是不是还活着。

再次去给孔排长处理伤口时，我仔细观察了那把手枪。抗联队伍的枪是大杂烩，什么牌子的都有。在波亚尔科沃密营，我认识了很多五花八门的武器。孔排长手里这把枪我最熟悉，日本人叫它南部十四式，中国人叫它"王八盒子"。在这支手枪的枪柄上，确实挂着一个白瓷吊坠，吊坠是镂空的，里面嵌着一个日本军人的肖像。后来，我试探着从孔排长口中得知，这把手枪是从一个日本军人尸体上摘下来的。

我不能告诉美佐事情的真相，就把这个消息做了加工，告诉她说，孔排长原本要打死她丈夫的，但看到手枪上的肖像，觉得像个读书人，就放走了他。我编这套故事本意是为了更好地稳定美佐的情绪。确实，美佐从那以后就像换了个人，不仅态度积极起来，而且主动关心起孔排长，甚至好几次从我这里打听孔排长的恢复情况，并希望能够再见到他。我对美佐的想法一直提心吊胆，直到不久后，孔排长的脑伤引起并发症牺牲了，这事才告一段落。

时间到了冬天，黑龙江水和逊克河水冻成了一体，又到了小分队往返界江开展活动的好时候了。那段时间，美佐彻底康复了，就帮着我们照顾伤员，帮着洗绷带、洗衣服，反正是挺勤快的。

一个傍黑，像往常一样，我带着美佐去河边埋垃圾。挖完坑，我一抬头，美佐不见了。从波亚尔科沃到界江对面的温家屯子，跑起来不过一刻钟。或许她是回到了日本人那里。

那时候，对岸的日军守备人员常常有偷越界江侦察的行为。美佐的失踪，让波亚尔科沃的密营一下子变得很不安全，大家不得不尽快转移。那段时间，是我一生中最难过的时候。美佐是我负责的，她跑了，害的是大家，是整个密营。没有人骂我，但大家的目光比刀子还狠。我恨不得找个地缝钻进去，但大地冰冻着，蚂蚁都没地方钻，哪有什么缝隙。

指挥部明白我的心情，也没有批评我。那时候，逊克县的地下工作需要补充人员，我就申请返回逊克。出发前，我把头发剪得稀碎，打扮得像个村里的丑婆娘，趁着一个大雪天，顺利越过界江。

经过两天的跋涉，我找到了逊克县的一处密营。没有柴队长的影子，密营也已被炸塌，地面上是稀稀疏疏的弹坑，树上也有弹孔。我仔细检查了那些弹孔，战斗应该在一个月前了。

我想起在另外一个地方还有一个备用密营，便拿出地图。备用密营距离这里有三十公里的山路，我就连夜赶了过去，一大早便到了备用密营附近。通常，抗联战士都会在密营周边一公里的地方埋上地雷、布置诡雷，一旦危险时刻来临，队伍会多一些撤退时间。我不熟悉这些地雷是怎么埋的，提心吊胆地往前走。

我正害怕着，"嗖"的一声，一颗子弹就打在我身旁的树上。我这是被人瞄准了！我赶紧站住，喊出备用的对接口令，大声说自己是来找柴队长的。就在我面前二百米的地下，突然钻出一个人来，他撒欢一样跑过来，正是柴队长。我们俩都热泪盈眶。这时，密营所有抗联战士都过来了，四十多人，穿得破破烂烂，就像一群叫花子。他们背着枪，大多是三八式步枪，很破旧。一见我，他们就眼神发绿，直直地看着我。我寻思，这帮家伙怎么了，但马上我就明白了，他们是看上了我腰里那把锃亮的"王八盒子"。孔排长牺牲后，我一直把这支手枪别在身上。

战士们瘦得厉害，就是骨头上包着一层皮而已，稻田里的草人都比他们身上的肉多。柴队长说，这段时间出了几个叛徒，日本人对密营破坏得太厉害，所有备用物资全部被日本人捣毁了，这几个月都是靠捕猎、吃树叶充饥，队伍损失很严重，只剩下一半人了。活下来的，很多也只剩半条命了。我问："没打个屯子吗？"柴队长说："也打过，但武器弹药不行，每次都是失败。"说完又叹口气，拍了拍身上的那杆破枪。不过，柴队长又说，这几天他们搞了一些弹药，正准备攻打曹家大屯，那里的日本小队外出讨伐了，只有少数伪军，容易得手。

那天夜里，我们早早就在曹家大屯外围等着。大家都饿得心慌，就等这一仗弄点儿吃的。队员们侦察好了地形，几个体力稍微好些的就翻过了院墙。值班的伪军就是个摆设，直接在那睡觉，头被割掉也没醒过来。大门一开，外面的三十号人就冲进来，把局面控制了。这次战斗缴获了不少枪支和粮食，但谁也没想到，他们在粮仓抓到了一个日本人，竟然是美佐。

美佐开始害怕得很，浑身发抖。后来看到了我，她心里踏实了点，情绪稳定了一下。我把她拉过来，问她为什么要跑出来。她嘴里不停地说"对不起"，眼泪就流了出来。她说，她是跑出来找丈夫的，找了很多林场和农场，都没有找到。原来的十部开拓团已经被抗联攻破了，她无处可去，就在这个屯子里落了脚。日本兵让她在这里管理饭堂。这个怪我，当时那么一骗，她就信了。这可不行，我得让她死心，当下就挑明说："美佐，你丈夫已经死了。"美佐一下愣住了。我又补一句："是孔排长把他打死了。"

美佐一下瘫在地上，哭得像个孩子。她觉得自己挺可怜。我们这些人，哪个不可怜？能把你这个日本人的伤给治好，就够可以的了。不过，我没说啥，女人能体谅女人。柴队长可不行，他比较硬，这种死里逃生的人，没有那么多婆婆妈妈的，坚决要对美佐的逃跑进行惩罚。但他没说怎么惩罚，估计还没想好怎么惩罚。不能杀她吧，那小身板也扛不住打。我就说算了，美佐没什么恶行，还帮过中国人，就凭这一点，咱也讲究一回。我们就放了她。

控制了曹家屯，才想起肚子饿，咕噜咕噜直叫。到天亮还早着，我们就开始煮饭。大家三四个月没吃过饱饭了，怎么也得把肚皮撑起来，死了也值。我们光顾着高兴，不知道这里面有一个汉奸，趁黑偷偷跑了出去，找城镇里的关东军报信去了。

我们把白面翻出来，在食堂做面条。大概过了半小时，面条快要熟的时候，执勤战士突然大喊："远处的路上有车灯，估计还有五分钟就过来了！"大家一下慌乱起来，一个小伙子顺手就把面条倒进个木桶里，拎起来就跑。

日本人的摩托追得快，我们靠两条腿硬跑肯定不行。柴队长让大家赶紧散开，躲到林子里各自隐蔽。我蹲在一棵粗壮的大树后面，跪在那里，心跳得要炸膛了，额头上冷汗直冒。日本人的摩托车熄了火，停在了树林外。"这里！"有个日本兵大喊，我就觉得喘不过气来，像老鹅被攥住脖子在刀子下挣扎。

日本人的手电光在林子里左右晃动，就像刀在那劈。日本兵都穿大头皮靴，踩在雪面上，发出"咯吱咯吱"的声响，感觉就在跟前。我使劲攥着那把"王八盒子"，手心里全是汗，枪柄浸得湿滑。我们这些人，武器破旧不堪，子弹也没几发，真要打起来，根本撑不了多久。我们都准备好了牺牲。

71

又一个日本兵高声呼喝，声音里带着不耐烦，脚步却越来越近。我耳朵里只剩下自己的呼吸，就像拉风箱一样。

就在这时，一个很粗的声音从我们一侧响起："树林搜索完毕！没有发现异常！"那是一口流利的日语，但又有点不太正常，像是感冒的人堵着鼻子。正走过来的两个日本兵停了下来，接着反问："哪部分的？"他们的手电筒晃了几下，好像并没有看到对话的人。"把灯熄掉，宪兵侦察。"那个声音答道，语气沉稳有力，带着不容置疑的意味。日本兵熄了灯，接着向外退去。摩托车的引擎声再次响起。他们走了。

大家都长舒一口气，很多人就直接躺在了地上。但是，对于那个声音，大家都觉得奇怪，问了一圈，队伍里没有人会说日语。柴队长警惕地说："这林子里可能真有日本人。咱们快吃快走。"柴队长一说，那个拎着饭桶的小伙子就走了过来。桶里的面条还热乎着，面的香气在寒冷的林子里更显得诱人。大家每人都分到一点儿面，蹲在地上狼吞虎咽地吃了起来。

吃着吃着，有人嘟囔着："这面条是不是醋放多了？

怎么一股子酸味？"旁边的人也纷纷抱怨味道不对劲。拎饭的小伙子拍了拍饭桶说："不可能啊，我就放了一点儿盐，哪来的醋？"一个抽烟的老兵掏出火柴，"嚓"的一声划着。火光下，饭桶黑不溜秋的，边缘还粘着一些发黑的污渍。老兵眯着眼看了看，啐了一口骂道："这哪是饭桶？这是喂猪的泔水桶！"

从进入深秋，东北就已经天寒地冻，这是抗联最艰难的时刻。整天都是大雪，地面上没吃的，生活很困难。我们的队伍除了伏击敌人获得补给外，没有其他更好的途径。尽管困难重重，我们还是击毙了三个叛徒，打了几次伏击，消灭了至少二百个日伪军。但队伍太累了，需要歇一歇，喘息一下。就在这时，波亚尔科沃指挥部传来指示，要求我们侦察逊克县城的日军兵力。于是，我们又马不停蹄连夜赶到逊克县外围。

我们得先找好落脚点。日军实施并屯之后，空荡荡的村子到处都是。我和柴队长，还有一个会画图的队员，在空房子里搜索到几件破烂衣服穿上，就这样进了城。一进城门，就发现不对劲，十几辆军车载着鬼子和伪军向城外开去。我们赶紧假装吃饭坐到一个摊子上，柴队长拉着一个老乡问："出了什么事情？为什么这么多军队？"老乡把嘴贴在柴队长耳边小声说："这段时间日本鬼子吃了大亏，被抗联打死了二三百人，几个大汉奸也被正法了。听说抗联队伍到了县城附近，他们正调集鬼子和狗腿子准备去密林围剿呢！"

我们才到，鬼子就知道了行踪，就是长个狗鼻子也没这么灵吧。一定是出了内奸！我们赶紧返回队伍，决定立即赶往温家屯子，跨江转移到波亚尔科沃。

抵达界河附近时，已经是傍晚了。太阳红红的，把逊克河映得就像血染的一样。日本巡逻艇神出鬼没，天黑之前我们不敢轻举妄动。我们匍匐在雪窝子中，等待着天黑。柴队长低声吩咐大家保持安静，不要发出任何声响。苏联近在咫尺，只要渡过这条河，我们就能暂时脱离危险。

这时，队伍中的一个队员悄悄凑到柴队长身边，低声说："我肚子有点不舒服，想去方便一下。"柴队长皱了皱眉，但想到苏联边境就在眼前，即使有什么意外也能迅速闯过去，便点了点头，叮嘱他快去快回。那人应了一声，猫着腰钻进了一条沟里。

时间一分一秒地过去，那人却迟迟没有回来。柴队长看了看表，已经过去了二十分钟，心中顿时警觉起来。他低声对大家说："情况不对，我们要赶紧过河！"队伍立刻紧张起来，所有人都握紧了手中的武器，目光紧紧盯着河道，生怕巡逻的日本兵突然出现。

就在这时，远处传来一阵杂乱的脚步声，伴随着低沉的喘息和树枝被踩断的声响。大家都做好了战斗准备，把手指扣在扳机上，随时准备开枪。一个身穿日本军服的人影从树林中走了出来，手里押着一个群众模样的人。柴队长刚要举枪瞄准那个日本人，我伸手按住了他的枪管。我相信自己的预感和判断，就起身站了起来。是美佐，她不知在哪偷了身日本军装和步枪，看起来还挺像那么回事。美佐押着的那个人，正是刚才去"方便"的队员。不是日本人长了狗鼻子，而是我们队伍里出了这个狗汉奸。

美佐来到我面前，气喘吁吁。她可能自己也害怕吧，真不知道她到底会不会开枪。美佐有点将功折罪的意思，对我说："这个人去向守备队告密，被我截住了。"看着美佐的这个神情,我突然明白了,上次躲避日军搜索时,那个在密林里压着嗓音说话的声音,就是美佐。这个美佐,这些天竟一直跟着抗联队伍呢。

一个想法突然就在我脑子里冒出来。我问美佐:"你愿不愿意加入我们抗联?"美佐摇了摇头:"这不能……"柴队长马上不满道:"说到底,你还是向着日本人!"柴队长这么一说,美佐又害怕起来:"没有,没有……不能,我不能……"

我能明白美佐。她不能认同日本军队的暴行,也不愿背弃自己的国家。我想她如果回到日本人那里,一定没好日子过,就说:"你还是和我一起到对面去吧,那里更安全。"

美佐的神情马上表现出一种拒绝。"日本人犯下错,一定会被……我可以死在日本,也可以死在中国,但是……"她顿了顿,抬起手,指向界江对岸,"不能死在那边。"

头顶上嗡嗡响,敌人的侦察机逼过来了。侦察机一到,日军就会接着出现。柴队长指挥我们尽快渡河,只要渡过河,那就安全了。飞机的气流震得地面也嗡嗡响,一个伤员像发了疯似的从河面往回跑,一边冲着天上的飞机骂。天上的敌人很快发现了他,一阵扫射如疾雨般落下,那伤员倒在了地上。

敌机持续在低空盘旋,大地像要被震碎。机载机枪不时喷吐着火舌,"嗒嗒嗒"地向伤员倒下的方位扫射着。密集的子弹如骤雨般倾洒,在地面上溅起一片片雪尘。我是医护人员,准备冲过去。这时,一个身影直奔过来。这个人几乎是踩着日军的机枪子弹射击线向前奔跑,像是每一步都和子弹争抢落点。

又是美佐。

美佐简直是在向前扑去。她那么瘦小,步伐却快得像风。近了,更近了,不到一米的距离。眼看那顶着疾风的子弹就要打在她的身上,那身影却如弹簧般紧绷。一声沉闷的撞击声,她扑倒在了伤员的身上。

美佐把伤员紧紧压住,她腰的一侧,鲜血如泉涌般流出。那本《万叶集》掉在一旁,被雪地上的风胡乱翻着。我第一个冲到跟前,蹲下来,看着美佐的面色已经苍白。她失血过多,气息微弱,眼神散淡,费力地说:"就死在这里,挺好……"

77

美佐的声音越来越微弱，眼神慢慢散了下来。我想，这个善良的女人是需要安慰的，便说："美佐，你没有杀过任何人，灵魂会升天的。"我不知道日本人有没有祈求灵魂升天的执念，但她好像听懂了，笑了笑，死了。

队伍就要离开了，但我想给美佐挖个坟。战友们没说啥，大家都过来帮我。我觉得还要做些什么，就走进树林，找到一段结实的桦树桩，用刺刀给坟上刻了一个木牌，上面刻了"美佐之墓"四个字，然后解下那把南部十四式手枪上的白瓷吊坠，和美佐一起埋了下去。

美佐的故事结束了。我感叹地说："你救了她，她也救了你们。"她弯腰喝了口水，脖子上的纱不小心掉了下来。我看到，那是块很像梅花的伤疤。她笑了笑："这是日本人打伤的。"她重新裹了裹那块纱，接着，讲述起她的爷爷：

"我爷爷出狱那日，揣着一把崭新的尖刀直奔张府，却见门楣上结满蛛网。张府只剩下满院荒芜。原来，张家三年前就被仇家放火烧了宅院，张家老爷和少爷被烧死，小姐不知所终。

"我爷爷就想，这位小姐一定还活着。他觉得，不管张家老爷和少爷如何跋扈，这位小姐是个无辜的人。他想起这位小姐经常施舍下人，就连门前的叫花子也受她恩惠不少。这是个好人。我爷爷想着这点，就决定去找她。那时候，军阀打得一团糟，到处都是逃难的人群。我爷爷四处打听沧州流民，后来在一个村子的干水沟边，还真找到了四处翻找吃食的张家小姐。再后来，这张家小姐就成了我的奶奶。爷爷每次说到这时就会感慨，人哪，记着美好，就会收获更多美好。要不然，哪里有你奶奶，哪里有你爸爸，哪里还有你？"

确实，人哪，记着，就很美好。

刺客李列传

前方城门耸立，正中新插的太阳旗狂舞着。门头石柱上的纹路斑驳，泛出蝈蝈羽翼般的青光。官道上尘土飞扬，衣衫褴褛的路人大都急步走过，脸上麻木又惶乱。也有胆大的，或者说是好奇的，比如他，看似漫不经意，昂头向城门上方看了看。

城门洞顶上祭旗的两颗人头，来自他的战友。这半年里他们同吃同住，那些音容笑貌，就算想忘也忘不了。这些个月，他们都在锄奸队，接连配合完成了好几场刺杀。上次执行任务，他们掩护他得了手，撤退过程中却遭遇一支伪军小分队的围攻。为了确保他安全撤退，他们先后故意暴露自己，彼此呼应，引开了气势汹汹的敌人。

"刺瓜叔，蝈蝈哥……"他喉咙干得像要燃烧起来，发出旁人难以察觉的自语。他的肩上斜挂着一个竹篓，里面是一对草编蚂蚱和几件破烂衣服。"此仇必报！"他咬了咬牙，紧紧攥住竹篓的背带，下巴微微痉挛了几下。

眼下是夏末，天气忽冷忽热，他的脚指头露在鞋外，上身穿着一件破烂的夹袄。夹袄上的补丁针脚走线不一，像是经过了多少双手缝上的。袖口接续的靛蓝，是杂货店招牌的布料，泛着碱水过度的灰白色。

等他回过神来，一队日本巡逻兵杀气腾腾地走到他面前。他不能跑，不能露出任何破绽，索性把身子一晃，篓子里的那对蚂蚱"哗"地掉在地上。"滚开，小兔崽子！"一只军靴踢过来，接着一把刺刀在他眼前晃了一下，几乎削到他的鼻翼。他瑟缩着抽噎几声，揉揉红了的眼眶。

巡逻队狂笑着走远了。他重新走到官道中央，目光又看向那摊血。他望了望城门内，踏了进去。沿着城门洞延伸的夯土路，他向前走过了几个路口，眼前是那条再熟悉不过的巷子。巷子里的老房子大多是土墙，墙头上垂着衰草，朽掉的窗棂上挂着蛛网。自从日本人到来，城内的人口越来越少了。

"沈玉山杀的……"他隐约听到一个声音，心里咯噔一下。沈玉山？还活着？杀了谁？不可能，他早死了……他停下来环顾四周，四下静悄悄的，连个人影也没有。

他家的老宅在巷子中央。门楣上不知哪个年月的春联残片抖了一下。上两辈时，他们还是一个大家族。几次兵匪祸乱后，家里钱财被洗劫一空，佣人也四散而逃。这些年来，除了有个家族墓园算是见证，他们家日子过得甚至还赶不上那些普通人家。他看了看房顶，太阳开始偏西，露出血红色的轮廓。

他把四下都打量了一遍，确定周围没人，才悄悄推门走进院子，看到了那棵枣树。这几年枣树长得更高了，漫长的影子一直打到屋脊。这个家曾经很幸福，在外忙碌的父亲几个月会回来一次，每次都穿着长袍，提着一个黑色的皮箱。从不发脾气的母亲特别喜爱月季，即便日子清苦，也不碍在院子里种上几株。

一切好似昨日的情景。左侧的墙角，母亲的笑声仿佛还在。小花圃里的月季枯了大半，长满半人深的蒿草。

他靠在枣树上——有一次父亲回来，见二哥带着他对着枣树射弹弓，就夸赞说，他们兄弟俩要把这玩出能耐来，以后能保着家人不被欺负。从那以后，父亲每次回来都抽空教他们练瞄准、打弹弓。

二哥的弹弓技艺进步很快，他严格按照父亲说的，一次只射一个枣子，而且不带叶子。二哥是个痴迷的人，只要拿起弹弓，他就像石头凿出的石人，别人怎么喊都不答应。有枣子时，二哥会把枣子一一射下。没有枣子时，二哥也不闲着，就把石子打在叶子和枝丫间。从春天的第一粒叶芽开始，到秋天的最后一片黄叶飘落，他的弹弓就这样在方圆三十里地射出了名气。

他们这里处于盐碱地带，老百姓生活贫困。母亲在时，有一份给裁缝店盘扣的收入。春夏时节，一家人就到城外那块野地挖野菜。母亲过世后，他们只能用最简单的方式维持生存，常常是饱一顿饥三天。夏天还好，每到寒冷的冬天，就十分难挨。那些夜晚，他常常要靠着二哥温暖的背才能睡着。这贫寒却踏实的日子，直到一个穿灰鼠皮袄的汉子出现，才在一夜之间发生了改变。

那是个寒冷的冬夜。那个比二哥体型壮出一倍的汉子，腰间挂着牛皮枪套闯进院子里。他把脚上的皮靴踢得咔咔作响，晃到灶台边，抓起一只豁口瓷碗，大手一挥，不屑地对着二哥说道："神手，就喝这刺槐汤？你再不识好歹，这辈子都没机会见到她了！"二人沉默了片刻，从不抽烟的二哥双手接住了汉子抛来的纸烟卷。

二哥咳嗽着抽了几大口，终于憋出一句话："带上我弟。""不行。"那人用枪管在屋子里画了个弧线。二哥朝身后看了看，说："他那么小，我走了他怎么活？"二哥态度坚决，声音震得漏风的土墙嗡嗡作响，那汉子腰间的黄铜弹链也响了一下："你咋磨磨叽叽像个娘们儿！不救她了？！"

离去的马蹄声敲碎了满街的细冰，惊醒的野狗一直狂追到城门。二哥没再睡觉，握着弹弓在院子里站了整整一夜。

但他没想到，二哥后来还是走了。那是汉子来后不久的一个深夜。下半夜，月光如刀从窗棂间插进来。他突然从梦中坐起来，看到床头放着的一包食物和几块银圆，二哥的衣物还在。接着，他听到院门落栓。

后来，他听说二哥是为了去救那个娘们儿走的。他隐约知道，二哥在邻乡有个相好的同学叫麦穗。后来，麦穗的爹给日本人当保长，坚决不同意这门婚事。他仔细琢磨了二哥的出走，藏了银圆，带上吃的，出城一路打听着找到麦穗家，看到的只有空空的院子，一片狼藉。村上人说，给日本人当走狗活该落得这个下场。

脚下有道亮光一闪，他下意识地跳了起来。是一条少见的赤色长虫，"哧溜"一下顺着草尖溜开了。他稳了稳神，那游动的红色如血。城门上两颗血肉模糊的头颅在他脑袋里不断晃，心像被针扎似的疼。他在门口听见沈玉山的名字时，也想到过城门上的头颅，心里咯噔一下。

天黑前，他赶到墓园里的那间破屋子。那屋子原本是守墓人用的，家族衰败之后，就一直荒废在这里。屋子里放了张桌子，母亲每次来时，总会到这里上炷香。角落里，一张破败不堪的小床下面，藏着他今晚要用的那些东西。地下工作的同志提前把手枪和衣服放到了那里。

他换上绑腿，披上那件半旧的披风，然后把手枪摆在桌的一角。三天前，他接到这项任务——除掉一个极为棘手的汉奸。这次任务没有画像，命令上只附着一条信息：此人是个瘸子。据说，这个汉奸虽然右腿瘸，行动起来却如同狡兔，而且擅长使用双枪，是个不能掉以轻心的对手。

这片墓园他从小就经常来。虽然家族分崩离析，但族规依然保持得很好。家族里有人得了荣耀，会到墓园祭拜。如果是谁犯了错误，也会被拎到祖宗的坟前惩罚。

为了除掉这个祸根，组织已多次策划行动。之前派遣了几批经验丰富的同志前去执行锄奸任务，但都失败了。回来的同志说，这个汉奸非同一般。这次行动任务落在了他的肩上。组织上说，为了配合他除掉这个瘸子，今晚的行动将兵分多路，但组织确信，此人今晚会在这处墓园出现。接受这样的任务，他莫名产生了一些惶恐，又有几分期待。

他站直身子，把一束香插进香炉，然后斜靠在墙上，食指和中指间夹着一个被捂热了的弹夹，里面有三颗子弹。风从房子的小窗溜进来。他屏息听了一下，除了微弱的虫鸣，四下寂静。今晚的任务非同小可，也很危险。他要极为谨慎，确保万无一失。

夜风裹着墓园腐朽的气息钻入鼻腔，他的指腹在弹夹凹槽上反复摩挲。三颗子弹，他像诵经般默数着这个数字，设想着这场战斗将如何进行。有那么一刻，他也想到，遇到这样的对手或许自己也会失手倒下。仅仅一瞬之间，他又摒弃了这个念头。组织上为了除掉一个汉奸如此大费周折，还是第一次。个人的生死不足以让他担忧，组织下达的刺杀任务绝不能再次失手。

突然，一声脆响，他猛地抓起手枪。窗外黑影一闪，是只觅食的野猫。他放下手枪，瞥了一眼那个小窗。他想起那次在客栈的任务，也有一扇这样的小窗。那次任务前，组织得到情报，有个身份重要的叛徒泄密了我党大量情报，好几个地下组织损失惨重。他奉命执行那次刺杀任务，地点就在城北那家客栈的二楼。二楼的那扇窗户是当街的，他只能埋伏在一楼的掩映在一棵枣树下的小窗口侦察。晚饭时分，天还不算太黑，厅堂里熙熙攘攘。他看到叛徒正和一个人往一楼来，举枪就要瞄准。那叛徒竟谨慎地发觉了窗边的异常，大喊着"要杀人了"，弓着腰就往人多处跑。

他一路狂奔，往城外快速撤离。日军宪兵指挥着一队伪军紧追不舍。他躲进距离城门不远处一个空着的瓜田草屋。平原上的草房太过明显，他刚从草房后窗跳出去，敌人就闯了进来。他仗着体型的优势和昏暗不清的光线，在地面的杂草丛中弓腰跑向一处村口。村口刚好有一处公厕，是日本人建的，有男女之分。他顾不上犹豫，一头扎进了女厕所。敌人也直奔追过来，习惯性地先进了男厕所。女厕所有一扇小窗,这是他唯一的逃路。千钧一发之际,他瘦小的身躯爆发出惊人的弹跳力,直接在空中画出一道弧线,跃过三四米宽的粪坑,落入一条干水渠里。他的个头儿可以弯着腰在水渠里跑而不被发现。他像一只蹦跳的野兔,接连拐过两个弯,钻进一户事先安排好的人家。他换了一身女孩的衣服,又回到公厕那里。

"这是个人还是个猴子?"他跟前的一个伪军说。他站在人群前排,嘲弄地看着敌人在用刺刀往粪坑里乱戳。

"哪有那么小的人,还跑这么快,"另一个伪军捂着鼻子后退了几步,"看起来像只猴子!"

"行,咱就汇报是只猴子。"

不久之后,接连十多个日军官佐神不知鬼不觉地消失在街巷田野。很快,日伪军开始缩在军营里,不敢单独外出。城里还流传着一个令人胆寒的传说:八路军里有一只神出鬼没的"猴子",能在房顶上飞檐走壁,如履平地;能在地底下穿行无踪,来去自如。还有人说,这只"猴子"的速度快如闪电,能在百步之外取人首级。百姓们也知道了这只"猴子",称他是"夜游神",

说他是专门惩治那些侵略者的。

他叫李列传。李，是母亲的姓氏。列传，是父亲给他起的名。父亲爱读《史记》，给他起名那会儿，正在看《刺客列传》的篇章，顺口起了。这次回来，组织上是要他利用熟悉地形的便利，除去一个隐藏极深罪大恶极的汉奸。这段时间很多战友被捕被杀，都和这个汉奸有关。他想，城门上的蝈蝈哥和刺瓜叔，有可能就是被这个狗汉奸杀的。"狗汉奸，我非亲手杀了你。"

组织把行动时间设定在今晚。接到任务时他暗自惊讶，今天恰好是母亲的十周年忌日，地点又是在他们家族的墓园。

这是他进入锄奸队后第一次回来。

他绕着门房走了一圈，又来到坟前，祭拜了爹娘的坟，也祭拜了二哥。父亲的遗体没有找到，母亲安葬时，他在坟里埋进了父亲的衣服。二哥死后，尸首全无，他又在父母坟旁挖了一个坑，把二哥留下的东西埋了进去。

三更天时，他已经在墓园里侦察了好几次。坟茔沉默着，毫无讯息，但他还不能离开，回到门房里继续等待。他没敢点燃那炷香，却仿若看见那轻烟升腾成一片红色的血雾，缓缓飘向窗外，最终在墓园里消散，无影无踪。

云层稀疏，深邃的天幕上点缀着几颗孤星，冷冽的月光洒在窗棂上。三更过了，他用指头碾了碾香炉里干巴巴的香灰，决定再去侦察一下。

从门房出来，是几棵高大粗壮的桑树。他顺着月光下树冠的阴影，小心翼翼地走向墓园深处。四周万籁俱寂，唯有他的呼吸略显急促。他感到些许异常。枝叶抖了一下，似有一股凉风。他的心陡然一紧，手指迅速压在了手枪扳机上。他紧紧盯着那些密密层层的树叶，看到一只什么鸟扑闪了一下翅膀。他只是过度紧张。不过，这个时候，在他看不见的地方，确实还有另外的夜行人。

在通往这片墓园的一条荒僻小道上，一个中等身材的军人，手里捧着一把鲜花，身后带着两个卫兵。这个人走起路来有点特别，看上去一歪一歪的。这个人也是赶着去墓园祭拜母亲的。他的母亲是大户人家的女儿，爱美，爱花。在他的记忆里，无论生活多么艰难，母亲都要在院子里种满各种花草。每次从外面回家，远远就能闻到那满园的花香。母亲走了十年了。在老家，十年祭奠属于上"喜坟"。他不能被人认出。自从母亲走后，他再没回来过。他们是有头面的人家，他现在吃的这碗饭，实在辱没门庭。从天黑到现在，他潜伏在一条深沟里，这会儿，他决定去往坟前。

他谨慎地踏进漆黑的旷野上沙沙作响，树上的声音再一次响起。四下突然冷飕飕的，地上一股风打着旋儿转。他想起小时候，每逢遇到这样的旋风时，父亲就用唾沫啐它，说是可以辟邪。

可惜他对父亲的记忆实在太少了。他一直以为父亲在外经商，后来才知道，父亲是在吉鸿昌的部队当兵，是个响当当的神枪手连长。他和二哥学会弹弓后，父亲回来的次数越来越少了。十年前，家里来了一个兵，是父亲连里的。那兵是来报信的，说连长出事那天，时值部队随着察哈尔民众抗日同盟军收复多伦。当时山头上只剩下一个日军火力点，那个火力点里只有一个日本兵，却凶得很，一直猛吐火舌。连长怕耽误整场战斗的进程，就从敌人后面悄悄攀着悬崖爬上去。可能是日本兵发觉了异常，两人在搏斗中一起滚下了山崖。战斗胜利后，大家找了连长很久，但没找到。母亲闻讯时正在病中，受不了这个打击，没过多久也病故了。

母亲走了，大哥又死得早，对他来说，二哥就是家。他那个年龄还不能理解男女之间的情感，在他看来，二哥怎么能为了一个娘们儿连家也不要了。他不相信二哥真会扔下他不管，一直等着二哥回来或者把他接走。但是，他听到了越来越多的消息，先是听说二哥当了土匪，后来又听说二哥带着队伍在抢夺一支正规军的后勤物资时被打死了。乡邻们说，有人在河滩发现了二哥的尸首，身上被打满了弹孔。

他怀着一丝期盼为二哥起了那个坟，还用菜刀刻了个小小的木头牌位。按照族规，二哥这样的人不能进祖坟。但关于二哥的所有传闻都只是传闻，他没有亲眼见到，不能就这样认了。

他打小就害怕黑天，二哥走了后他却不怕了。他知道，自己必须扛起这个家了。靠着二哥留下的食物和银圆，他度过了那个最为难熬的冬季。第二年开春，城外的那家铁匠铺找他去当伙计。为了这口饭，瘦小的他硬着头皮抢活干。

火星明灭间，他的腱子肉结实了，掌心开始结出第一层硬茧。有一天，铁匠把风箱杆子递给他："你来驯火舌吧，身体保护好，会有用处。"铁匠的话带着战火的消息——日本鬼子来了。

铁匠铺是个热闹的地方，一到夜晚就会过来很多人。每到这个时候，他就会被师父派去门口蹲守。师父也不说什么，仿佛他什么都懂。他无聊，就蹲在火炉边，把通红的铁片反复浸入水槽。他喜欢看那白雾腾起的瞬间。雾气越来越小，他就把变凉的铁片在青石板上磨，铁片把磨石磨出一道道槽沟。他在青石板的左侧摆了一堆石子，铺子里每进来一个人，他就拿一颗石子放到右边。每当有日本巡逻兵经过时，他就敲击一下门口悬着的铸铁，整个铺子就会环绕着"叮——"的声音。师父仿佛是最忙的，不停地和前来打刀的人说话。他们把脚踩在成捆的大刀上面压低声音说话。他也大约知道这些人要干什么了。他很好奇，有一次探头进去，听见一个哑嗓子的人说："……这个地方，日本人凶得很，难进去……"

"看什么看！"师父突然瞪着大眼珠子。

"我可以进……"他鼓着劲说了句，心里怦怦直跳。

"你进哪去？！"师父斜着眼。

"哪都能。我装成孩子，谁也发觉不了。"他也直瞪着师父。

"门口守着!"

他心里感到一阵热乎乎的,师父的话不轻不重。

他决定按自己的想法行动。

一个下午,他顺着河道经过一块高粱地时,看到四辆漆着菊纹的日军自行车。日本人带着伪军正在追捕反抗的大刀队队员,高粱地里不时传来枪声。他心跳如擂鼓,盘算着如何处理这些车子。他一个人推不走这些车子,但也绝不能留下它们。看着河水,他想起了小时候听过的那些水鬼的故事。他屏着气,一眨眼的工夫,将四辆自行车全部沉到了河底。

他没有离开,藏到了河对面的青纱帐里。他蹲在那里,听见返回来的鬼子在路上呜里哇啦地找车子。天黑后,他报告了师父。他们连夜打捞出车子,送给了八路军的队伍。

这次行动让他有了信心,他要继续这样对付鬼子。那几年,他和二哥练习弹弓。二哥走后,他用弹弓打枣子。虽然不能像二哥那样弹无虚发,也算是准头极高的。他决定就用弹弓对付日本人。

那天,他来到一座小山上,找到一处可以藏身的灌木丛，眼睛死死盯着山脚下那条蜿蜒的小路——那是鬼子巡逻队的必经之路。他手里攥着一块棱角分明的石头。他把这块石头整整磨了半天，边缘锋利得像把刀子。他等了大约两个时辰，透过枝叶的缝隙，听见队伍的声音，有几个鬼子正慢悠悠地走来。他像只灵巧的山猫，悄无声息地爬上一块突出的岩石，瞄准了最后那个鬼子。他拉开弹弓，把力气用尽，嗖的一声，石头划破空气，正中那个鬼子的面门。那鬼子闷哼一声，扑倒在地。前面的鬼子听到动静，立刻端起枪四处张望。他又摸出一块石头，这次打中了一个鬼子的钢盔，发出叮的一声脆响。"八嘎！"鬼子气急败坏地朝山上开枪，子弹打在石头上，溅起一串火花。他像只兔子，三跳两跃，借着地形的掩护窜进了密林深处。

从那以后，他就琢磨上了这个事。他熟悉山里的每一条小路，知道哪里可以藏身，哪里可以伏击。鬼子派出巡逻兵到处抓他，却连他的影子都见不到。

有一天，铁匠铺来了个陌生人，说是要找李列传。他一听，把手里的风箱杆掀进去，站了起来。来的是个年轻人，斯斯文文，留着不长不短的头发，穿着干干净净的蓝对襟上衣。他觉得这个人似曾相识，但又实在想不起在哪见过。"我是你表哥,"那人饱满的额头在阳光下闪闪发亮,嘴角挂着笑蹲下来,"小时候你妈妈带你去过我家。我是你大姨的儿子,家在黄骅。"他想了想,自己确实有个姨妈在黄骅,只是这么些年都没有什么音讯。

几年来亲人全无,突然有个表哥来了,他欣喜万分。他更开心的是,表哥竟然不走了。表哥说在这一带跑生意,要和他一起住段时间。有一天深夜,表哥跟他讲到怎么看待日本人,讲到这个国家,还有民族。这些话他头一次听,也听得很入神。

表哥把他的生活问得仔仔细细,把他的想法问得透透彻彻。表哥还和他讨论了打弹弓。表哥对他说,这也是手艺,要继续练习,每天都要练。表哥是亲人,也是好人,他愿意听表哥的。

表哥指导他练了一段时间弹弓,又要教他练习飞镖。表哥找来一根粗钢筋,锯成约三四公分长的一段一段,然后再把钢筋段的一头磨成尖头,另一头系上公鸡的羽毛做成飞镖。晚上,铁匠铺的后院就成了他的练武场。院子里有棵泡桐,他就瞄着泡桐甩飞镖。今天距离三米,明天距离五米,后天距离七米。泡桐枝一段一段均匀地断裂，每一段都是三公分的长度。三个月后，他的飞镖水平就到了可以百步穿杨的地步。

一个大雪纷飞的深夜，寒风呼啸，雪花如鹅毛般纷纷扬扬。他刚脱了衣服躺下，表哥把他喊起来，说要带他去个地方。他们进了城，拐进一条特别偏僻的街巷，进到一个院子后，表哥让他在那等着。大约过了半个时辰，他听到门外传来动静。那动静不像是表哥，他心中一紧，蹑手蹑脚地走到门边。透过门缝往外看，他惊讶得张大了嘴，外面站着两个人。一个是返回来的表哥，另一个身影竟如此熟悉。

他赶紧打开门，确认那个人就是父亲，来不及多问，激动地扑了上去。表哥没有进来，父亲关上门后，喘着粗气说："外面有日本人的巡逻队。"他着急地看看父亲，从口袋里摸出一根火柴，划着了。父亲的肩膀上有一处伤口，虽然已经做了包扎，但鲜血依然渗了出来。他本来要去点桌上的油灯，父亲"噗"的一下把火柴吹灭了，然后拉着他，靠着床边缓缓坐下。他啥也没问。父亲还活着！这像是做梦……他使劲握着父亲的手，靠在父亲怀里，没有说啥，眼泪啪嗒啪嗒掉了下来。父亲的喘息缓下来，接着说："我受伤后，就被派去做地下工作，日本人、汉奸特务凶得很，这些年不能和你们相认……也是一种保护。铁匠师傅是我们的同志，是我委托他照顾你……"

他平息下来，在黑暗中看着父亲。父亲是一名地下共产党员，师父也是，这让他觉得浑身的血液燃烧起来。父亲问了母亲临死时的情况，问了他的生活，唯独没有问二哥。二哥和一个汉奸的女儿好上，又当了土匪被打死，对于父亲来说，这件事肯定难以接受。看着父亲有些沉默，他赶紧岔开话题，说表哥一直在陪着他。父亲笑了笑："他不是你表哥，是我安排过来考察你、培养你的。我这次来，是代表组织，安排你去执行特殊任务。"

他激动地一下站起来："爹，我听你的！"

父亲扯了扯他的手腕示意他冷静："是听组织的。培养你，是组织的决定。"

他愣了一下，马上明白"组织"是怎么回事了："我能为组织做事？"

父亲摸了摸他的肩膀："你行动灵活，是执行特殊任务的好手。组织需要你。"

很快，他被编入一支专门铲除汉奸和日军官佐的锄奸队。这支队伍让他大开眼界，每个人都有特殊的本事。队伍的指导员就是那个"表哥"，大家在这里都喊他蝈蝈哥。更让他没想到的是，蝈蝈哥就是当年去他家报信的那个兵。

他要面临的特殊任务就是杀鬼子、杀汉奸。他开始学习使用手枪，之前练习弹弓和飞镖让他在瞄准上省了不少事，但为了确保一枪毙命，他每天天不亮就起床到村外的树林里练习射击。他一遍遍地重复，一遍遍地摸索要领，直到手臂酸痛手指发麻才会歇息。日子一天天过去，他的技能也一天比一天娴熟。

他的枪法能够百发百中后，蝈蝈哥就开始教他如何接近鬼子。鬼子戒备森严，稍有不慎就会暴露身份，这就需要伪装。蝈蝈哥因他长得不高，便教他伪装成饭店伙计，甚至是小孩、小乞丐。但更重要的是表情声音举止要符合人物身份。在蝈蝈哥的指导下，他模拟了不同身份孩子的说话特点。

第一次执行刺杀任务，他既紧张又兴奋。那天，天蓝得像面镜子。他从青青的高粱地里穿过，像一朵云飘在海面上。接受任务后，他选择了这个地点。这是日本少佐川岛谷川一行出入县城的必经之路。川岛谷川是驻扎在县城的日军的一个军事教官，对中国人特别残忍。他经常抓来平民百姓，把他们绑在柱子上，当作人体"活靶子"让日军练习拼刺刀。组织上决定除掉这个凶残的刽子手，指定由他执行这个任务。

他提前策划好了行动计划和逃跑路线，自己则扮成一个小孩的样子，老早就到了那条长满了荒草的干涸的水渠边。他穿了一件短小的白汗褂、黑短裤，装作是走亲戚回来，筐子里放着一些新摘的桃子。他朝着夹在高粱地中间的路望着，左眼皮跳得毫无节律。

从高粱地头伸展出去的路上，远远地有一队长蛇一样的人影在蠕动。他瞪大眼睛，看着人影越来越大，接着看到那些黄色的衣服。他把心静下来，站起身迎上前去，远远地向队伍鞠躬。他记住了组织提供的画像，带队的那个就是川岛谷川。川岛谷川对眼前这个孩子的谦恭态度非常满意，称赞道："小孩，大大的好！"他又笑着鞠躬，伸出手，"邀请"川岛谷川靠近高粱地边，说："太君，您过来看。"川岛看见了靠在高粱地渠的菜筐里鲜红的桃子，笑眯眯走过去。

他把装桃子的菜筐提了起来，像是要捧给那日本人。川岛谷川刚要伸手去拿，他抬手就是一枪，正中敌人眉心。还没等鬼子们反应过来,他纵身就钻进了广袤的高粱地。高粱地里如绿色的海浪翻卷着,枪声密集如骤雨,高粱叶子高粱秆儿裹着他一起剧烈地晃动着。鬼子们眼花缭乱,满高粱地里都是一个像猴子一样的身影,就是追不上。"子弹见了这猴子就拐了弯。"

"八嘎呀路!"鬼子气急败坏地满高粱地乱叫。他飞快地奔跑,身前身后高粱叶子像雪片一样乱飞,高粱秆啪啪断裂,绊得他几次差点跌倒。他甚至能听见鬼子的喘息声,子弹擦着他的耳朵头顶乱飞。他就像一条游鱼,在闷热的散发着清香的高粱大海里,几下就蹿开了。

那时候,他靠着灵活和速度,连日军的子弹也追不上。眼下,他成熟多了,什么复杂的情况都能够应对。

再有一个时辰天就要亮了。那个走起路来一歪一歪的人,步子开始慢下来。他看了看那几棵桑树,还有桑树旁的那间破房子,犹豫了一下,然后顺着墓园的小径,走向一个坟堆。

一弯月牙儿从云缝里挤出来,柔和的光洒在地面的野蒿丛上。他停在母亲的坟前,看了看四下,这是家族的墓园,他是个给家族抹黑的人。他低下头,内心翻腾。他曾经是个土匪,一个有过人命债的亡命之徒,最近刚杀的两颗共产党的人头,就挂在城门楼上……

他点燃纸钱。一闪一闪的火光里,他在坟前跪下。他让两个卫兵向外走了走,想一个人和母亲说说话。母亲出身于一个诗书家庭,见多识广,常聊民族大义这样的话题,教导他们如何做人。他不否认母亲的道理,但这几年,他经历了太多事,得到的是另一番感受。说这些没啥用。走到今天这一步,并不只是他的错,没人理解他的苦,没人知道他手里多么需要钱。他原本只做土匪,但这两年,日军接连死了好几个官佐,日本人便给了他几百大洋,还给了他整整一个营的伪军大队,让他去捉一只"八路猴子"。他原本不想蹚这摊浑水,但那笔钱很诱人。再说,已经杀了那么多人,多杀一个算什么。他也知道,去杀那只"八路猴子"谈何容易,但他又要顾及日本人的态度。这些日子,"八路猴子"没捉到,与日军对抗的八路他可没少杀。

他跪在阴影里,目光穿过跳跃的纸火,看到了母亲坟旁的另一个土包。母亲的坟旁原本没有这样一个土包,他满心疑惑地看了看,弯下身子走过去。土包上插着一个木板,借着光亮,他看到上面有一行歪歪扭扭的刀刻字"沈玉山之墓"。他惊得头上渗出一层冷汗,这祖宗的墓园里,他这样的人是不能进来的。他沉默了良久,眼睛湿润了。

他站起来,望向远处的卫兵。灰暗如同一张巨大的幕布,将他们的身影吞噬殆尽,只剩下微弱的说话声,像是夜空中飘摇的虫鸣。这两年来,他面临的情况越来越危险,须臾不敢离开卫兵。

他不敢在白天出现,阳光对他来说太过刺眼,太过危险。在外界,他的名字早已被淡忘了。他改了新名。人们以为他已经死了很多年,而他也乐于接受这样的结局——死亡是最好的伪装,能让他在这乱世中苟且偷生。

黎明的空气中似乎弥漫着一种不安的气息,像是一根紧绷的弦,随时可能断裂。他的心情很复杂,手心湿漉漉的。闭上眼睛,他思忖着那个传说中出手快如闪电的"八路猴子",深深吸了一口气。或许,他还要继续在这条路上浑浑噩噩走下去。或许,今晚便会有个了断。

风裹挟着潮湿的泥土气息扑面而来,四周的墓碑在月光下泛着惨白的光。天就要亮了,该离开了。他平复了一下内心的波澜,整了整衣服,重新跪下来,对着坟头深深地磕了三下。他祈求母亲的保佑。至少今晚,他不要遇见那只"八路猴子"。

李列传死死盯着母亲坟墓前的那个身影,大脑"轰"地鸣叫起来。他大约知道这个人是谁了。这就是他今晚的刺杀对象,那个瘸子,那个土匪,那个叛徒,那个汉奸,沈玉山,沈玉山,沈玉山!

看来下午巷子里的那句话不是幻觉——"沈玉山杀的……"他心里突突跳着,这些年来,关于沈玉山的那些传言看来都是真的。沈玉山"死"后,有人说他投靠了日本人,杀了很多地下党,有人说他在外面卖鸦片烟挣了很多钱。但这些说法如同传说他的死亡一样,活不见人死不见尸。这几年,这些会让父母蒙羞的话题他一概不信,后来也就没人在他面前再提了。现在,他不得不信。一股怒气从他胸腔里冲撞出来。

他知道了为什么任务放在今晚,也知道了为什么地点在这里了。母亲的十年祭奠,沈玉山一定会来。他要在这个家族墓园里清理这个十恶不赦的败类。

他不能在母亲的坟前动手。夜风裹挟着烧纸的焦煳味扑鼻而来,坟前的火纸还在燃烧,火光在昏暗中跳动，像是一簇簇鬼火，将周围的墓碑映照得忽明忽暗。李列传脑海中又闪现出那两颗血淋淋的人头，那是刺瓜叔和蝈蝈哥的头颅。他的心像刀剜一样疼。他要再等等，等到那个汉奸给母亲祭拜完。无论如何，他不想打扰母亲的魂灵。但是，他又觉得不能再等，一旦这次失了手，再要找这个败类可就难了。他的手心沁满了冷汗，悄悄摁下手枪的扳机，开始向前挪步。

墓地的气氛压抑得让人喘不过气来，空气中弥漫着死亡的气息。火纸的灰烬随风飘散，像是无数亡魂在夜空中游荡。李列传的视线在沈玉山和卫兵之间来回游移，脑海中飞速计算着每一步行动的可能后果。

"咔嚓！"清脆的声响在寂静的墓地里显得格外刺耳，他一不小心踩断了一根枯枝。

"谁！"卫兵拉响枪栓一声喝令。

月牙儿又从厚重的云层中悄然探出头来，洒下一片朦胧的清辉。夜风掠过荒野，野蒿和野蔷薇在风中摇曳，发出沙沙的响声。空气中弥漫着一种说不出的压抑。坟前的那缕火光渐渐暗淡下去，像是一种挣扎，最终被黎明前的昏暗吞噬。

卫兵的枪，李列传的枪，沈玉山的枪，同时举起。

"沈玉山！……"李烈传觉得舌头僵硬，枪口直对着沈玉山的胸口。这些年的委屈和怀疑，他要问个明白。

"放下枪吧，三对一，你不占优势。"沈玉山也辨认出这个侏儒弟弟，心里闪过一丝怜惜。这半年来，他至少四次遇见过李列传。拿了日本人的银圆后，他认真研究了"八路猴子"的行动规律。这半年来的相遇，都是在他把控的伏击线上。弟弟不知道这些，他也不能向弟弟开枪。这些日本人都是狗杂种，能杀就杀吧。他内心很佩服这只"猴子"，只是，他回不了头了。

分秒犹豫间，卫兵冲过来抢下李列传手里的枪。沈玉山也把枪别在了腰上："娘坟前，这样不好。"然后摆了摆手，示意两个卫兵走得远些。这个弟弟有些能耐，但收走了枪，就没什么好担心了。这么多年了，沈玉山还真想和弟弟好好聊几句。脑袋别在腰带上的人，全靠能耐。他的枪法也算是数一数二的。如果要说对手，除了眼前这个弟弟，也就只有父亲了。当然，他承认自己不是父亲的对手。一年前，他被父亲带人追堵。匆忙间，双方拔枪互射。他们的距离太远。他没有击中父亲，但父亲一枪打中了他的小腿，他跳进河里才保住命。事后他想，这不是侥幸，是父亲想给他一次机会。他哪里还能回头，接着杀了更多的人。走上这条不归路，父亲难道没有责任吗？想到这里，他又起了杀心。

"你……怎么成了这样？"李列传颤抖着声音，他的眼前又一次闪出刺瓜叔和蝈蝈哥血肉模糊的头颅，还有许许多多革命同志……

"怎么成了这样？"沈玉山重复了一下。他怔了一下，像是回忆。是的，他终究忘不掉那些过往。

那个他没有跟随土匪离开的夜晚，土匪头子李黑七带人去了麦穗家。李黑七吃里爬外，杀伪军讨好八路，杀地下党讨好日本人。那天晚上，李黑七带人杀了麦穗的父亲，趁乱抢走了麦穗。李黑七需要帮手，看中了沈玉山身上的功夫，用麦穗逼迫他入伙。沈玉山坚持了两个月，李黑七放出狠话，要把麦穗卖到黄骅那边的妓院。麦穗一直死心塌地跟着他，他沈玉山是条汉子，不能见死不救。

土匪窝就在东山的一座庙里。那个晚上，李黑七把他带到麦穗跟前时，她浑身抽搐成一团，喉咙里爆发出像动物一样的呜咽。她的指甲在土墙上乱抓乱挠，嘴角渗着血水。他蹲下来，紧紧抱着她。她就像不认识他一样，扭曲着身子，满脸哀求地说："……求求你……"她湿透的碎发粘在凹陷的脸颊上，眼窝里烧着两团幽绿的火。"就一口……就吸一口……"他的大脑里像炸开一声惊雷，惊魂失魄间，他看见她身旁的一支烟枪。他明白了，麦穗染上了毒瘾。

他心疼麦穗，也被麦穗的毒瘾发作吓住了。他听从了李黑七，枪杀了一名被抓的八路军战士，算是正式入伙，换得了麦穗需要的鸦片烟。

他不知道父亲是怎么知道这一切的。就在他杀掉李黑七的第二天，父亲来了。那是个暴雨的夜晚，潮湿的庙门吱呀作响，他一直紧握手枪的手突然抖了一下。麦穗蜷在床上，身上裹着一床被子。

他甚至不知道父亲如何走到他跟前的。"跟我回去，"父亲的声音充满威严，"你走的是一条死路。"

麦穗突然发出一阵尖笑，她猛地扑向床边："当初，跪着求你答应我们在一起都不行，现在说什么死路！"她的指甲使劲抠着床沿上的木头，发出刺耳的吱吱声。他看着她，想起父亲最后一次回家时，无论他怎么跪求，父亲都坚决不答应他们的婚事。他恨恨地说："要说死路，也是被你逼的……"

一阵风吹来，桌子上的一张纸落到地上。他庆幸父亲没有看到那张纸。那是一封密信——几天前，李黑七带人劫杀八路军交通员时，他在尸体里搜到了这份情报。这份情报能值大钱，换成鸦片烟，够麦穗用半年的。"闭嘴！"父亲呵斥道，接着拔出枪："列祖列宗，今天我要亲手……"一个响雷打断了父亲的话，麦穗大笑着，笑声瘆得整个房子都在颤抖："你不能，我肚子里……是你们沈家的种，他死了，这孩子就得……"

父亲走了，他们就这样决裂了。他需要钱，便隐姓埋名四处抢钱。当初，因为麦穗她爹为日本人做事，父亲坚决反对这门婚事。就是因为他没把麦穗娶回家，她才遭此厄运。他觉得对不起她。他的一手好枪法出名后，日本人开出了优厚条件。索性，我沈玉山就跟日本人干——你们反对去吧。

这一切，他向谁说，又怎能说得清楚。他看着这个可怜的侏儒弟弟，胡乱搭了一句："你干你的，我干我的，路不一样，都是为了活。"

"为了活就杀自己的同胞？！"李列传的声音冷冽透寒，他想起自己曾经心怀期盼地为二哥立了坟。现在，这是他做过的最大的错事，是耻辱。

"你和他们是同胞，咱俩是咱俩。"沈玉山说，"日本人如日中天……"他说了半截，停下了。

"你说这话？"李列传盯着他。二哥的婚事变故是对他有些不公，但这不能是给日本人当走狗的理由。

"你走吧，咱当今晚没见过。记住了，你这只八路猴子。"无论如何，他也不能对弟弟下手。

夜风在两人之间呼啸而过，带着一丝寒意。厚重云层遮蔽的天空，悄然发生了变化。清冷的月光，透过云层的缝隙倾洒而下，为大地轻柔地笼上了一层朦胧的米黄色面纱。月色下，一切变得模糊起来。坟前烧黑了的纸钱颤抖着，皱皱巴巴地翻卷开来；尚未烧尽的纸钱闪烁着点点暗红，在风中散发出一圈奇异的光晕。沈玉山瞥了一眼，那个坟让他心里松动了一下。他想真正进到这个祖坟里，如果可以，他宁愿由弟弟开出这一枪。唉，想多了，自己配吗？他嘴角轻笑了一下，用手枪指着弟弟让他离开。

一道黑影从半空突然蹿出。头顶俯冲下一只平张着大翅膀的夜鸟，惊动了墓园里的人。远处有一声枪响，一个敏捷的黑影向县城方向狂奔。

"队长，我们好像……被包围了……"精瘦些的那个卫兵惊慌地跑来报告，紧张得浑身抖动。沈玉山一把抓住弟弟的衣领，牛皮军靴陷进了土里。"那得委屈你了，陪我一会儿。放心，我的卫兵很快就会把队伍带来，他们一个也跑不掉。"他得意地看着那个跑远的身影，那是他最机灵的手下。

沈玉山拖着弟弟退到两棵桑树之间。他打量了一下眼下的情势，这是个绝好的位置，那个精瘦的卫兵在他身后用"三八大盖"护卫着，眼前是弟弟这道屏障。

看来，墓园的行动不止他一个人。李列传一想到今晚好几组战友都冒着生命危险进入了这片日伪区行动，任务却失败在他手里，肩膀便微微颤抖起来。

月牙儿掉落在茂密的草丛里。没入膝盖的野蒿张牙舞爪地朝人影扑来。天际豁然亮了一层，他们逐渐看清了彼此。沈玉山紧紧搂住李列传的脖子，李列传用双手死死抓住沈玉山的胳膊。母亲，您看得清坟前这一切吗？

"扑倒！"一个声音低沉而沙哑，在李列传耳边响起，不容置疑的喝令。这声音他们都似曾熟悉。他们俯仰较劲，开始扭打起来。李列传猛往前扑，但力量有限。沈玉山半蹲着身子，低着脑袋，用这副流着相同血脉的身躯挡住随时可能射来的子弹。他们的身体在僵持，痛苦的割裂也在僵持。

四周的人影越来越多，李列传心里有谱了，战友们把这里包围了。"扑倒!"那个声音再度响起，不容置疑的喝令。但被沈玉山牢牢地扣在胸前，李列传动弹不了。

在这死一般的寂静中，一股巨大的力量突然把李列传甩开。一瞬间，沈玉山猛地站直了腰，挺出了胸脯。

墓园里响起一声清脆的枪声。李列传再爬起来时，沈玉山脸朝西倒在地上，手枪丢在一边，几米外就是他的墓碑。李列传笔直地站着，心里那块巨大的石头消失了。然后，他听到身后熟悉的唤声。

东山上，西湖里

一

那个年代的淮北，流传着这样一首歌谣："八路军，驻家庙，多咱兴的银圆票？银圆票，是张纸儿，多咱兴的大铜子儿？大铜子，没有眼儿，多咱兴的洋烟卷儿？洋烟卷，吸得香，多咱兴的盒子枪？盒子枪，打得远，多咱兴的千里眼……八路军，小米枪，破袜子破鞋破军装；没有枪子儿打格挡，吓得敌人光叫娘……"

歌谣里的银圆票、大铜子儿和洋烟卷儿，都是淮北南部一个叫西湖镇西湖村的王姓大财主家制造的。王家不仅有成千上万亩耕田，数不尽的骡马，还有生产银圆票和大铜子儿的钱庄，并拥有清末以来洋烟内销该地区的销售垄断权。在整个西湖村，王家一家独大，可谓

"富能敌镇"。

那个年代的西湖镇,是河南、安徽、江苏、山东四省交界的敏感地区,处在日寇占据的徐州、蚌埠、淮阴三大军事重镇的夹角,是汪伪政府的实际管辖地,也是八路军和新四军联系的枢纽。淮北苏皖边区抗日民主根据地形成后,日伪势力急于"扫荡",而国民党军选择按兵不动,妄图借日本人之手消灭共产党。那段时间,西湖镇国民党军、日伪军、八路军兵力交错,往来货运频繁,兵调不断,经济上一度有着回光返照式的浮华。

这年春节,一件事传得人人皆知,让庄稼人好好快活了一阵子:几名八路军战士奇袭了位于西湖村地界日伪军的一个指挥所,击毙十几个鬼子,并且俘获了春节期间旅行度蜜月的一对日本男女。男的叫山本青一,女的叫本田石川,女人的舅父是驻徐州日军的第17师团师团长平林盛人,男人的父亲是日军陇海铁路徐海段军事段长,这二人都是日本陆军将军。日军请人来谈判,赎买不成,恼羞成怒,随后调集重兵对淮北抗日根据地进行"扫荡",叫嚷要血洗淮北平原。

被袭击的日伪军指挥所在西湖村东二里地村口,原先是一座关帝庙。西湖村地处西湖镇中心。西湖不是湖，是一条小河的美称。在这四省交界的地方，西湖河弯曲环绕，不仅天然地划分着各个村镇的地界，更滋养着沿河两岸的百姓生灵。西湖村的村民大多姓王，是明朝初年从山西大槐树迁徙过来的。从那时起，王姓村民就从经济上打下了牢固统治的地方势力根基，主宰着西湖村的命运，并走出了一个个极其成功的企业家。但到了20世纪初风云突变，王氏的子孙逐渐走向破落，撑得起门面的也就只剩下村子里唯一的大地主王学成了。而唯一能和王学成家比比家产的，就只有卖狗皮膏药的阮大哈了。

在西湖村说起有钱人当数王学成，但要说起名人，阮大哈绝对算一个。阮大哈是王兴三的太外公，他出名是因为他发明研制了独家秘方的狗皮膏药。那些年月甚至更早的时候，人们身上长得最多的不是虱子跳蚤，而是疮，要么在腰上，要么在大腿上，先是一个红红的斑点，然后是硬疙瘩，再后变颜色，当地人称之为"未老先白头"，白头之后就是化脓淌水了。

在早年的西湖村，那时候还没有日本鬼子，还没有西医。一般情况下，身上的疮一旦长到"未老先白头"

的地步，就意味着只能去找阮大哈拿几贴狗皮膏药糊上了。一旦误了，轻者肌肉溃烂，重者伤及骨髓，所以一般人不会小视，阮大哈也因此声名大噪。

阮大哈的女儿，也就是王兴三未来的奶奶阮穗，小时候也贴过这狗皮膏药，不过她不是长疮，是起"蛤蟆瘟"，就是今天的腮腺炎。得过腮腺炎的女孩子在农村是不好出嫁的，这种病被传言是不能生养的病。生过"蛤蟆瘟"的阮穗一直待嫁多年，直至遇见也生了相同"蛤蟆瘟"的王朝祖。相同的病勾连了相同的命运，相同的命运将相同的人牵到了一起。

狗皮膏药黏性惊人，阮穗永远忘不了呲牙咧嘴撕下外层时，那种连带着扯掉脸上汗毛和鬓角头发的疼痛感，竟和许多年后生产时的阴道撕裂感是相似的。

阮穗接连生下两个儿子之后，打破了患"蛤蟆瘟"不能生养的怪论，但此时的西湖村也迎来了另一个局面。自此，战乱和苦难很长一段时间没有离开过这片土地。先是军阀混战，后是国民党"围剿"共产党，再是日本兵来了，最后二儿子夭折……

日伪"扫荡"在即，各方势力在暗中争斗的同时，也在觊觎着王家的财产。战争需要真金白银来维持运转，阮大哈和王学成世代积累起来的财富自然被各方势力死死盯住。各方军队有分寸地围着西湖村驻扎下来，划分出自己的势力范围，等待着最宝贵的时机。

王家显然也不是伸头挨刀的肉。王学成在世的时候，巧妙利用各方势力以平衡矛盾，虽说时刻有如履薄冰之感，倒也能安身自保。至于需要出钱出物以维持关系，这对他来说也不过是九牛拔掉一毛而已。

就在鬼子到来之前那年，不堪土匪敲诈的阮大哈选择投井自尽。而王学成凭着大商人的老道与智慧，早已将一笔重要的银圆埋藏在了比较稳妥的地方，埋藏地点只有他一个人知道。王学成在妥善打点各方势力之后，手里尚有富余，他把这些银圆交给儿子王朝宗说，只有这些了，藏起来的那笔钱就是打死也不能动，是留给子孙后代的。

王学成一直守口如瓶，王朝宗几次想探听情况都未成。日本兵来后不久，一向忧心忡忡的王学成突发重病，倒在了土炕上。王朝宗拒绝哥哥王朝祖过多的探望，生怕老爷子走漏了埋藏银圆宝藏的秘密。王学成坚信自己还能好起来，尽管王朝宗一再跪地哀求他告知银圆埋藏的秘密，他还是坚持要最后一刻再说出。

当最后一刻到来时，一切都猝不及防了。在一个暴雨如注的夜晚，已经几天未进粮水的王学成突发饿感，恨不得吞下一筐馒头。他知道回光返照的死亡时刻到了，想喊人又叫不出声来，等到王朝宗进来看望他时，王学成只剩下最后一口气了。没等着王朝宗问，他断断续续说出"东山上，西湖里"六个字，然后死死地合上了眼睑。抱着这六字谜底，王朝宗满眼凄惶，百思不得其解。

有名又有钱的西湖村是日伪关注的重点。但沿着胶济铁路从台儿庄方向一路杀过来，到了淮北这地界，鬼子就剩下得不多了。西湖村仍是兵力加强的重点。鬼子不仅在这里放置了十多名日本兵，还编有一个营的伪军兵力，西湖村人叫他们是"黄皮子"或"黄皮溜子"。

日本兵的到来，让伪军们信心大涨。真鬼子指挥着假鬼子，假鬼子用枪押着庄稼汉子，他们用步枪打掉了几乎整条街的老鸹窝，砍倒了满街的参天大树，在那座被八路军突袭过的炮楼原址上，重修了一座高大结实的碉堡。

一支共产党骑兵部队也悄悄到了西湖村附近。这支队伍是被打散的由彭雪枫领导的新四军骑兵团人员就地整编扩充的，夹杂着大量刚刚背上枪支的庄稼汉子，作战能力相对较弱，但威信较高，深受群众爱戴。群众中早就流传着"共产党派去个彭青天，不抢夺，不拉夫，打日本，抓汉奸，老百姓都愿跟他干"的歌谣。骑兵队是瞄着西湖村来，一是想盯着沿线过来的日本人打一仗，二是守住王朝宗家的巨额银圆。八路军和新四军不会去抢群众的财产，但也绝不能让这财产落到其他势力手里。一旦这些银圆落到敌人手里，换回武器和补给，那后果不堪设想。

西湖村一时间风声鹤唳，比其他村庄更显慌张。有人开始举家远走，有人吓得生病卧上了床。那些杂姓人家一走了之无甚牵挂，大户王朝祖和王朝宗却躺在各自家中拿不定最终主意。王朝祖是王兴三的爷爷，王朝宗是王兴三的二爷爷。王朝宗的儿子不能生养，王朝祖就把王兴三过继了过去，说去二爷爷家能吃饱饭，金窝银窝饿不着。王朝宗也给王朝祖说过老爷子撒手西去之时没有明确告诉他银圆的下落。王朝祖哪里会信呢，说："知不知道都是你的，和我没有什么关联了。"

王朝宗没有急着走，是因为那笔埋在"东山上，西湖里"的银圆让他牵挂太多，走了实在放不下心，守着还是份希望。王朝祖没有走,是因为身体病了,肚子疼得要命,好多天一直躺在床上。

婆娘阮穗颠着小脚扛着一捆烟叶进了房,解开绳子,压得如同薄纸一样的焦黄的烟叶片子舒展着。已经快要睡着的王朝祖突然来了精神,翻身下床,拿起一片闻了闻说:"好烟,这是哪家的?"

婆娘说:"东边李家的。"王朝祖说:"拿出去晒晒,别捂了。"婆娘说:"晒个屁,你整天躺那不问事,啥天都不知道。"王朝祖问:"是啥天?又回清朝了?"婆娘白了他一眼:"半个月了,都是白叽眼子天(阴天)。"王朝祖没搭她话,接着说:"下次还买他家的。"婆娘说:"先养好你的病吧,操心不少。"王朝祖说:"这次病我心里有数,不死都得脱层皮。这几年家里不是驴不走就是磨不转,盐坛子生蛆,放屁打脚后跟。"婆娘也回击得巧妙:"噘嘴骡子卖个驴价钱,毁就毁个嘴上。"王朝祖抬了一下眼皮:"我这把年纪了怕个啥?!快点,烟拿过来。"

婆娘唠唠叨叨拿过来烟笸箩,里面放着一些碎烟叶末子和几盒火柴,揉了几把烟叶子刚放到烟笸箩里,王朝祖摆摆手:"我抽着,你给我揉一会儿。"

婆娘坐在躺椅前，王朝祖斜躺，他的烟袋细长，但玉石烟袋嘴子和铸铜烟窝子却特别大。王朝祖抓了一把新的烟叶子装到烟袋锅里，用手指摁得严严实实的，然后"滋啦"点着了火，一口口吧嗒吧嗒地抽上了。

婆娘开始给他揉肚子，一边揉一边唠叨："肚子疼，找老能，老能不在家，找老八，老八割豆子，疼死你个小舅子……"王朝祖舒坦地吞云吐雾，顾不上和她说话。婆娘不识字，却能背出很多歌谣，而且相信这些歌谣能够治病，这是王朝祖几十年来感到比较好笑的事。

婆娘继续念叨，突然跑了嘴，把一首哄儿郎睡觉的歌谣唱出来了。王朝祖拿烟袋锅子敲了婆娘的脑袋一下："说什么呢？你个熊娘们儿。"

"哎，你说，我今天怎么突然精神好了？怕是回光返照吧。"

婆娘呸呸吐了两口唾沫："说的什么屁话。马抖毛，牛倒沫，就是有病也不多。你就是家活懒、外活勤，油瓶倒了都不扶，闲的。没事，很快就好了，别瞎寻思。"

二

土匪李麻子带着人马包围王朝宗家的院子那天夜里，天黑得像墨汁一样。王兴三刚刚脱了衣服躺下来。他才十二岁，毛还没长齐，但心思很成熟了。

王兴三三岁那年，父亲王俊章死了。王俊章死得很突然，他好赌博，经常走夜路。那天，去邻村赌博的王俊章仍是半夜回来的，路经一片坟地时，突然"啊"的一声怪叫，一只黑老鸹从坟头飞起直冲他而来，一爪子抓在他后脑勺上。王俊章惊吓过度，回家后不久就死掉了。王俊章去世后，王兴三的母亲改嫁外乡。王朝祖和阮穗眼看养不活这个孙子，只得把王兴三送给了王朝宗做养孙。

即便是在那个苦难时期，即便不能得知那笔银圆的具体埋藏所在，王朝宗仍然手头宽裕，据说老爷子在地底下、锅灶里、牛圈里，都埋了银圆。不过，过继过来的王兴三并没有见过。不仅王兴三没见过，就连王朝祖也没见过。王朝祖生性好赌，王学成当然不看好他，把身后家产都交给了生活吝啬的王朝宗。

吝啬人只做吝啬事，得到了祖上家产的王朝宗过得比以前更抠门。为了省木柴，王朝宗一年四季连开水都不烧，从水井里打出凉水闷头就喝，叫花子到他家门口也只有饿死的份，他从不给一块馒头。

王朝祖那可不同，用婆娘阮穗的话说，那就是典型的败家子。王朝祖好赌也豪爽大气，叫花子到门口他从不吝吃的，如果恰好某天他赢了一笔钱，没准叫花子也有一块袁大头可以拿到手。对人如此，对畜生也如此，王朝祖一顿饭能从筐子里拿走好几个馒头，一个扔给狗，一个扔给猫，一个扔给鸡。如果狗抢了猫或者鸡的馒头，王朝祖又会是一顿暴怒。

王俊章死后半年，王兴三就到了王朝宗家。王朝宗有一个儿子，名叫王俊好，情况却一点儿也不好。王俊好先后娶了四个老婆，加一起也没给他产下一儿半女来。王朝宗家成了典型的绝户头，人家说这是报应，说这是缺德自找。他们也找过医生，医生把脉后说，是他小时候喝凉水冰着气门了，需要蹲在大锅里，烧杂树头子水蒸馏体内的寒气。王朝祖干这个在行，也有点儿讨好王朝宗的念头，毕竟已经把孙子过继过去了。王朝祖在牲口圈里和泥垒灶专门支起一口大锅，用大木板做了一个笼屉，然后遍采各种树梢的嫩芽放入锅里烧成滚水，待蒸汽上涨时让王俊好蹲在里面。虽然热得嗷嗷直叫，但为了弄出个一儿半女来，王俊好也只得忍着了。但是，即便是块死面也都蒸成馒头干了，却没能给王俊好蒸出哪怕一颗能成活的精子来。王朝宗虽然有不快，但也说不出什么来，对王兴三也就半冷半热。

王朝宗心里明白，埋下的那笔银圆，找不到也就找不到了，说明命里没有这笔钱；如果找到了，他这辈子和儿子这辈子都是花不完的。虽然他不知道老爷子到底埋下多少东西，但对于上百年积攒的家产，他心里还是有数的。自己的儿子不能生养，这笔花不完的钱以后也就落在了"外人"手里。他哀叹老爷子算着了前头，却没有算着后头。

王兴三是光着屁股躺在西厢房的土炕上的。村里有"抱子引子"的传说，王兴三可以喊堂叔堂婶为爹娘，但不愿和他们过于亲近，特别是身体上的。腊月的天很冷，他宁可缩成一团也不愿和堂叔堂婶子睡一起。王兴三已经十二岁了，虽然毛没长齐，但他明白，他的堂婶子也不会搂着他睡觉的。小时候王兴三的父亲生性好赌，常常半夜才回，王兴三一直在母亲怀里嘬着奶子睡觉，这个坏习惯怕是这个未开怀的婶子难以忍受的。

王兴三还没有睡着，清脆的马蹄声由远而近，让他兴奋。王兴三跪在床上，闭上眼，听着一阵阵马队的嘶鸣声，再近了，是马嘴里的嚼绳被勒紧时发出的啰啰的叫声。慢慢有了光亮，他甚至还听得见火把燃烧噼里啪啦的声响。

窗户是从土墙的内侧挖出的一个小方孔，四圈挡了木头板子，糊着一层油纸。马的叫声让王兴三亢奋得禁不住捅破了窗户纸。这时候，高高的院墙上开始往下掉人了。五六个人跳进来之后打开了插着的大院门闩，王兴三知道，这是土匪李麻子的马队。方圆这一带，除了李麻子，没人干这种事。王兴三很兴奋，虽然他不确定接下来会发生什么事情，但作为一个十二岁的孩子，他还是渴盼有点儿热闹可看。

李麻子的马队高举着火把堂而皇之地进了院子。聪明的土匪不忘后路，进来之后首先摘下了王朝宗家的两扇红漆大门，防止被人从外面锁上一网打尽。这些脑袋别在腰带上的人，活得比谁都谨慎。门口两个岗哨都手持双枪，机灵地注意着四周。

满院子都是马匹，满院子都是火把，满院子都是土匪。土匪的脸上，全都套着黑布套子，只露出两只眼睛和嘴巴。他们穿着统一，清一色黑布衫，打绑腿，青布鞋，腰间别着手枪，外围的几个举着长枪。他们没有放枪，马匹都在原地踱着蹄子。

进了院子的土匪并没有急于打开堂屋大门，也没有人争吵，只有火把燃烧的哔剥声响。马匹打着响鼻，四蹄不停地踢踏着地面。王朝宗的院子里似乎并没有受到任何影响，看不到一丝变化。

一个土匪甩手朝堂屋的窗子上甩过去一支燃烧的火把，堂屋里随即传出一阵鬼哭狼嚎的叫声。王兴三知道，窗户下睡着的是他的婶子马七巧。火把的光亮灭了，四周又静得出奇，只有单调的马蹄声不紧不慢地由远而近：踢踏，踢踏，踢踏。大黑马上的李麻子终于来到了院子里。

"砸门！"李麻子说。两个土匪下马，把门环拍得咣咣响。堂屋里又一阵号叫。李麻子对着堂屋紧闭的大门喊道："王朝宗，你哭个屁，把门打开。我只要钱，不要命。"哭声没了，但仍是毫无动静。

"砸门！"李麻子又命令一遍。两个土匪这才听明白意思，从门口一侧找来两块大石头照着门闩处哐哐砸着。堂屋里的号叫反而停了。但是红漆大门十分结实，门后三处门插结实得丝毫不动。李麻子一挥手,一个膀大腰圆的土匪抬腿一脚,堂屋门轰隆一声倒向房内。

大土匪又是一脚,王朝宗跌坐在后墙的八仙桌下面。房间里的汽油灯被点着了,除了他自己,还有老伴以及儿子、媳妇,全都哆嗦成一团。李麻子知道重点在哪,把话说得很讲究。他专门给手下下了一个命令:"所有人听着,任何人不准动他家儿媳妇,咱只问这老东西要钱。"

大土匪在房间转悠了几圈,然后把帽子摘下来:"好啦,好啦,都是熟人了,没那么多废话问你。说说吧,钱都在哪里?"王朝宗默不回答,倒是有一点儿恢复平静一样地立在那里。大土匪一挥手,原来安静的房间从布幔后再次传来了刺耳的惨叫,那是几个小土匪扭住马七巧脖子发出的声音。

大土匪弯下腰来,好像突然礼貌起来,他看起来很耐心地劝说了王朝宗一阵,王朝宗依然木着脸呆呆地望着前面。大土匪开始变脸了,他冷笑起来,说:"我的时间不多,开始吧。"然后对一直立正站在旁边的小土匪挥了挥手。

"不使点手段就没啥效果。"一个小土匪凑到大土匪耳朵边说。大土匪阴冷地点了点头："嗯，烤一烤。"小土匪们马上明白了，拿刀在王朝宗身上划了几道深深的口子，又去厨房拿来盐巴，掰开伤口抹在里面。王朝宗发出厉鬼一样的尖叫。

王朝宗的堂屋高大，梁头都是榆木的，非常结实，一根手腕粗的麻绳结结实实地把王朝宗反吊在主梁上。主梁上住着的一窝燕子，受惊后扑棱棱在房间里乱窜。土匪们让开了一条缝，燕子们仓皇逃离。

堂屋平整的地面上摆好了一堆劈柴，一个小土匪在八仙桌下翻腾了一会儿，找到一瓶汽灯用的煤油，吧唧摔碎在劈柴上。十几支火把扔过去，劈柴像被火烧的巨龙一样，扭曲着身体，发出巨大的响声。

盐开始溶解，进入糜烂的伤口，王朝宗开始抽搐。

王朝宗对金钱的毅力正在被痛苦一点一点地撕扯开去，一长串令人胆战的哀鸣冲开他紧闭的嘴唇。声音如同一条直线，声音由大到小，直线由粗到细。他的两条腿开始散乱地抽搐，在尽可能的范围内扭曲成各种奇怪的形态。终于，劈柴全都暴跳着发红的时候，他转开脸，朝向李麻子，完全失控地哭叫起来："我说……"

王朝宗确实说了，他嘴里不停地重复一句话："东山上，西湖里；东山上，西湖里……"

几个土匪看看李麻子，李麻子歪歪头看了一眼王朝宗："说胡话了？大火烧！"

又投过来几支火把，火势更大了，王朝宗的声音却更小了，除了不停重复"东山上，西湖里"，别的一句话也不说。

成汪的人油扑哧扑哧落在劈柴上，火苗甚至直接舔在王朝宗的后背和屁股上。王朝宗终于不说话了，开始成块地掉肉。李麻子看了看，说："把老娘们儿也绑上去。"王朝宗的婆娘荆氏一听就晕死过去。等被吊在梁上的时候，大小便已经开始顺着裤腿往下流了。

和王朝宗的回答一样，老伴也是不停喊叫着"东山上，西湖里"这句话，别的什么也不会说。狐疑的李麻子摇了摇头说："今天这是撞什么邪了？"正当李麻子寻思再用什么手段折磨王朝宗时，突然几声清脆的枪声响起。李麻子心里一惊，马上招呼："准备撤！"

王朝宗从眯着的眼缝里看到了王兴三。他奄奄一息，只剩一口气，却没忘了安顿家里的后事："今儿个家里都动不了了，你别忘了把咱家大白马喂饱了……"

李麻子这才发现人群中站着一个孩子，他狐疑地审视了一下，马上明白了，用手枪呼啦一下抵在王兴三的脑门上，对着身后一个土匪说："这个孩子得押着，带回去放到山上，把那匹大白马也牵上，老子正缺个好坐骑。"

打枪的是共产党的淮北县大队。县大队人数少，主要配合驻扎在这里的新四军骑兵部队开展地方工作，以维持各方势力的平衡。县大队和新四军骑兵部队得不到这笔银圆，当然也不甘心让任何其他势力得到。为了惩戒有人对这笔银圆所动的念头，新四军骑兵部队和县大队确实也做了一些动作出来，但主要的破坏行动还是要靠县大队来完成，一是地形熟悉，二是便于隐蔽。

早在半年前，县大队就根据线报盯上了王朝宗。虽然不指望他把银圆捐出来，但也不能让他投了敌。县大队这次派出队伍去王朝宗那里"借粮"，就是试探一下他的口风和反应。

从县城出发的是县大队的一支侦察小分队，由小队长杜金宝带着曹合子、董八秀等几名经验丰富的侦察队员。一出县城，队伍就直奔东南方向去了。这几人里，曹合子和董八秀早年都是土匪，后来被县大队收编，虽说身上难免仍有坏习气，但个个都是一身好武艺，屡建奇功，也算是难得的人才。几人虽说都是本县人，但谁也没有去过西湖村。不过，要去西湖村找那么有名气的王朝宗，应该不是什么难事。

尽管地形不熟，但靠着侦察员的直觉，他们还是天黑前就到达了西湖村。

这里不但有西湖河，还有西湖庙。西湖庙就在西湖河边。庙是很显眼的标志，小分队沿着西湖河，很快便找到目标。庙不大，建得还算精致，四方院子里栽着几棵松树，松树的树头刚好透过前排房子显露出来。庙的大门是敞开着的，走近了一览无余。前排房是五间，中间一间是大门，左右各两间。大门落了锁，后面是个大殿，供奉着一尊菩萨泥塑像。大殿前有两根红色圆木柱子，上有一副对联，字迹模糊，隐约可以看到轮廓。大殿前是一座香炉，香火冷冷清清。有马匹的嘶鸣声远远传来。杜金宝趴在屋角，正看到一支马队从东面村口狼烟滚滚地向西。杜金宝判断不出这是哪一方的队伍，便让大家都小心些，免得暴露目标。

跳下屋顶，杜金宝带着曹合子和董八秀绕过庙门往西走，没走几步，就看到昏暗中有两个火点一明一暗地闪着。他们从后面摸到跟前，原来是一胖一瘦两个老汉。两个老汉都穿着大棉袄、棉裤，正坐在村头的小石桥的桥爪子上吸着烟袋。

腰里别着手枪、身穿黑色短衣，这是县大队的风格。他们猛一出现，把两个老汉吓得不轻，呲溜就站了起来，腿直哆嗦："八路同志，我们……"还没等杜金宝问呢，两个老汉就主动交代了。他们原本是村里的石匠，日本人来了之后，干过几天"黄皮子"，也就是这样。再一审，杜金宝哭笑不得，这俩老汉是要等着天黑后从石桥上偷几块石头回去。杜金宝懒得搭理这些鸡毛蒜皮的事，就问王朝宗家在哪里。两个老汉你看我，我看你，都摇了摇头。这一下，杜金宝有点火了："这么不配合？！还想继续当汉奸？"董八秀冲曹合子一使眼色，俩人一胳膊挟持一个，把两个老汉推搡到小庙西侧。

董八秀和曹合子把俩老汉控制在小庙西侧的水沟边上，上去就是一顿揍。揍完了，老汉还是说不知道。董八秀是暴脾气，觉得老汉不配合，恼火地转来转去，冷不防头上的毡帽被一阵风吹到水坑里去了。董八秀就说："你们两个老家伙，下去捡帽子去！"看着两个老汉不动弹，董八秀上去就把他俩扑通扑通都扔沟里了。虽说是条土沟，但前些日子下了场大雨，水涨出不少，正好到两个老汉胸口，棉袄棉裤一遇水，沉重得让他们直不起腰来。

哆哆嗦嗦捡到帽子爬上来以后，其中一个老汉直接跪了下来："八路同志，饶命啊，我真的不知道王朝宗家在哪。"另一个老汉也哭丧着脸："王朝宗名声响，是西湖村人，但西湖村有好几千人，我们真不知道他住哪里。"杜金宝疑惑道："你们不是西湖庙的人？"两人便说："我们这里是西湖庙不假，但是西湖庙不是西湖村。我们这是唐家村，过了这个村才是西湖村。"

杜金宝被两个老汉说糊涂了："你们是唐家村，为啥又说是西湖庙？"胖老汉说："西湖庙是个庙，在唐家村地界上。当地人顺嘴，把唐家村也说成是西湖庙。"看杜金宝还不明白，瘦老汉赶紧解释："这都是一百多年前的事了，当年一场大瘟疫，很多村庄毁了不少人，只有西湖庙这附近的一个没死。西湖庙一带的村民为了感谢神灵，凑钱修建了这个庙，之所以把庙修在这里，是因为这个地方是清朝皇帝批下来的庙地，这'西湖庙'三个字还是清朝秀才王具文题写的呢。"听完这些，杜金宝意识到自己弄错了。虽说两个老汉曾经当过伪军，但毕竟改邪归正了，现在是人民群众。杜金宝赶紧给两个老人赔了礼，道了歉，又责令董八秀和曹合子回去写检查。

当杜金宝带领队员进了西湖村时，并没觉得气氛异常。西湖村确实很大，从村东头进去，得有半里地的工夫才走到西南角。那里正唱着一台大戏，是河南来的豫剧班子。那烧油的马灯明晃晃，把戏台子照得一片通明。杜金宝不能带人往明眼里走，找了个人一问，王朝宗恰好住在村东北角。那人还说，那可不是住得偏，那是块宝地。杜金宝问为何说是宝地，那人说："王朝宗家那块宅基是这片土地的筋脉所在，所以王氏家族才会在这里繁衍至今，且枝繁叶茂。"董八秀看了看说话那人，啐了口唾沫："什么枝繁叶茂，地筋说了不算！"说话的人吓得不敢吭声。杜金宝训斥了董八秀几句，谢过指路的村民后，带领队员径直往西北走去。

越走越不对劲。和刚才的喧闹比，村子的东北角非常安静，家家闭户灭灯。这还不到闭户的时候，杜金宝示意大家小心谨慎跟随前行。

隐隐约约的嘈杂声引起了侦察队的注意。顺着声音走过去，几名侦察队员到了王朝宗家的院子外面。杜金宝一眼瞅去就明白了是怎么回事，他先把人员拢到外围商量对策。曹合子提出回去搬救兵，杜金宝说："这个不行，即便救兵在眼前咱也不能让弟兄们往里冲，眼下各方势力都按兵不动，暗中较劲，一旦风吹草动，就有可能'黄雀在后'呢。"董八秀说："那这里面有人正抢着呢！"杜金宝说："只有一种可能，是土匪李麻子，别人不会这么干。李麻子不需要根据地，没有需要考虑的上级。"董八秀说："那怎么办？"杜金宝说："不能打，也不能让他们认出。只能把他们吓走。"杜金宝带人察看了地形，找好了撤退路线，便把董八秀叫过来："你去打头阵！"董八秀明白，因为自己当过土匪，门路熟，刚才又带头打了唐家村的老汉，这是让他将功赎罪呢。

院外有三棵粗大的泡桐树，几个小土匪在树下把风。有两个土匪站在了院子的拐角处，与其余几人相互看不见。董八秀猫着腰，顺着泡桐树的阴影走过去。他等了一会儿，趁着两个小土匪低头说话的当儿，猛地扑过去，把他们的脑袋使劲往一起撞。"啊"的一声闷叫，两个小土匪都倒在了地上。尽管声音很轻，还是惊动了另一边的土匪。几个土匪提着盒子枪转身跑来，杜金宝一看不好，抬手啪啪两枪撂倒两个，一挥手："快跑！"

枪声打断了李麻子对王朝宗的拷问。李麻子不知道外面来的是什么队伍，不敢久留，撇开王朝宗就要逃命。临走时，李麻子可没忘了一件事，一把抱起王兴三上了马。

将近天明时，杜金宝才又带人赶回西湖村。大家把快要烧焦的王朝宗和婆娘荆氏从梁上解下来，放到了床上。王朝宗就像被烤坏了的地瓜，焦黑的皮肤渗着血水。王朝宗的眼睛被熏坏了，看不到人，他抓着儿子王俊好的手，一字一顿："咱的钱，不能让任何人拿了去，祖爷爷说了，银圆都在……东山上，西湖里。"接着就咽了气。那婆娘荆氏也是面目全非，浑身冒着烟对儿子交代："灶房的灰堆里还埋着二十块现洋，是我瞒着你爹攒的私房，你爹死也不说钱在哪儿，都留给他自己花去吧。你取了钱，走得远远的。"没过多久，这婆娘也咽了气。

王俊好取了钱，顾不得掩埋父亲和妹子，带着老婆逃命走了。杜金宝和董八秀几个将死人抬出去，埋在村后树林子里。那年头兵荒马乱，无论共产党军还是国民党军，还是伪军或者土匪，钱财都日渐紧张，生活吝啬的王朝宗不能像老奸巨猾的王学成那样平衡这些力量，落得这个下场是早晚的事。只是，王朝宗的万贯家产被他自己牢牢攥在手里，直至最终，成了一个关于"东山上，西湖里"的死谜。

三

十二岁的王兴三，其实心里啥都明白。到了山上他就看懂了，这李麻子早已投靠了日军。他听一个小土匪说，李麻子去抢西湖村，就是日本人指使他去的。那个小土匪还说，那晚在西湖村，是共产党县侦察大队发动了攻击，还打死了他们的两个兄弟。王兴三想，怕是李麻子要拿他报仇吧。但他一点儿也不怕。

为了欢迎他这个特殊的客人，或者说是人质，李麻子亲自上阵，挥刀斩了一只火红冠子的老公鸡，要王兴三喝血酒入伙。王兴三哪里懂入伙是个啥意思，但是他认识那只老公鸡，那是他跟着堂婶马七巧去娘家时给的长命鸡，土匪撤出王朝宗家时被小喽啰掠过来了。庄稼人比较讲究这个，既然是长命鸡，那这只鸡就是他王兴三生命的护体。从小在苦水里长大，这王兴三也有点儿天不怕地不怕的。李麻子烧了他的二爷爷和二奶奶，现在又杀他的长命鸡，王兴三说啥也不愿意，宁死不喝这鸡血酒。

李麻子的副官谄媚地笑着说:"这小子怕是被大哥您这杀鸡的阵势吓到了。"李麻子很高兴,说:"好,鸡血不喝了,我认你做个干儿。当然,你这个干儿也不能只吃干饭,你得给我当马童,这匹大白马你熟悉,老子喜欢,你把它喂好了。"

王兴三鼓着气,低着脑袋在那叽咕:"李麻子,我要做你爹,我要杀了你……"李麻子问他叽咕什么,他不吭声。李麻子就真当上了干爹,一口一个"干儿"地开始叫他。

王朝祖盘算着,没了王朝宗一家人,王兴三就还是他王朝祖的孙子,他托了不少人过来求情,想把王兴三要回去。李麻子岂肯放了王兴三。王朝宗死了,并没有打消李麻子找到那笔钱财的念头。李麻子相信,只要押住这个娃儿在身边,就是一个好线索。王朝祖托人过来求情,李麻子就发下狠话,说除非交出十万大洋,否则这孩子只能先押在那里。王朝祖哪里能筹到这笔巨款,就是杀了他也没这个能耐,赎出孙子的事也只得等等了。

李麻子出事的那天,是王兴三当马童的第三个月零九天。那天夜里,最早听见动静的是阮穗。早晨四点多钟，村子外面传来了炮声。那炮声是阮穗判断出来的，在这之前，她只听过枪声。

"快起来，炮楼的鬼子怕是要完蛋了！"阮穗这么一喊，王朝祖一个激灵坐了起来，一边穿衣服一边支着耳朵判断声音："打下了！打下了！"王朝祖亲眼见过军队的战斗，他能在隆隆炮声中辨别炮弹炸塌炮楼的沉闷声。王朝祖的声音很低沉，又掩饰不住兴奋。阮穗急着问："是八路军的大队伍？"王朝祖说："听动静不是八路军，八路军没有这么厉害的火力，应该是国民党的军队。"一会儿又说："差不多是时候了，前几天就听说东京发表了公告，日本的狗皇帝还在大喇叭里念了降书。"

老两口越说越觉得兴奋，摸索了一阵穿好衣服，就像一阵旋风一样飞出院子。远远就能看到，炮楼塌了一半，是在东沿塌下来的，塌掉的部分有两米多高。阮穗对王朝祖说："这狗日的炮弹真厉害，一下子把炮楼炸翻了，这可是一百多人修了一个多月，一下就干掉了。"炮楼下面黑压压一片，像是一群羊，来回挤动。走近点看清楚，才发现是人头，黑压压的一片人头。阮穗把孙子的事一直挂在心上，哪有心思看热闹，穿过人群，撒开脚丫子就跑进了炮楼。

坍塌的炮楼顶部，能看到鬼子的半截身子在那挂着，军装上沾满了猩红的血液。鬼子的帽子还戴在头上，两块"屁帘"在风中抖动着。东湖村的人不知道日本人军帽后面的那两块布干啥的，一直用"屁帘"称呼。阮穗盯着那"屁帘"看了很久，她觉得这要是用来给娃娃们当尿布是个好材料。她没时间爬上去撕那两块"屁帘"，循着一阵"打死！打死！"的声音到了人群跟前。

炮楼前立着几十根木桩，这些木桩昨天晚上还没有，一夜就竖起来了？每根木桩上都绑着一个人，除了"黄皮子"，还有很多日本人。

确实是国民党军，只有国民党的队伍才有戴白手套的人。他们是"国民党宪兵队"。宪兵们站成一排，距离五十米远，每人都手端步枪，面对一个日本兵或"黄皮子"。根本用不着审判，直接定罪，杀！老百姓早都把唾沫吐得鬼子满脸都是，有些特别祸害百姓的伪军，这会儿正被婆娘们用鞋底照着脸猛抽。

一个当官的把手一挥，噼里啪啦一阵爆豆子的声音，木桩上绑着的日伪军全都耷拉下脑袋。因为身子被绑在木桩上，这些尸体还是立着，绳子勒住了脖子，尸体的眼皮个个都往上翻着，鼻子和嘴巴里有液体一阵阵流出来。阮穗吓得直捂眼睛，产生一阵打尿战的感觉。

在炮楼向东三十公里，这处当地人称为东山的丘陵，原本有两口土煤窑。日本人来了之后，杀了国民政府的督办员，改由李麻子负责。这两口土煤窑的产量虽说不大，但靠着这点营生能够供得上日本人的胃口。有了日本人这个靠山，李麻子就把煤矿的这片厂房打造成了自己的老窝。

鬼子炮楼被炸这天，王兴三正从厂房出来去东山坡上遛马。虽说被困在了土匪窝里，但有这匹大白马陪着，王兴三也能熬得过去。整个东山坡都是被警戒的，除了哨卡，还有骑乘摩托巡逻的伪军，这一套是李麻子从日本人那里学来的。王兴三从厂房出来就是一个哨卡，哨兵目之所及就是王兴三的活动范围。王兴三经常观察哨卡上的那两个小土匪，思忖着如果真要从那冲出去，会是什么样的情形。像往常一样，他把白马牵到那块青石板附近。刚要坐下来，就听得"啪啪"几声。那声音就像爷爷王朝祖甩牛鞭的动静。王兴三转头看了一圈，没见人。再回头看那两个小土匪，歪趴在地上一动不动。

大白马有些受惊了,前蹄腾空,王兴三从马的肚下看到,一片黄澄澄的国民党军压了上来。这个他是能认清楚的,西湖村后面的刘家村最近来了一个团的国民党军,团长就姓刘。王兴三看到一个当兵的拿枪瞄准他都准备扣扳机了,吓得一下就倒在地上。有一个声音高喊:"这个孩子不要打死,抓活的——"

一个士兵跑过来,掏出绳子把王兴三绑上,又把马拴在旁边的石墩上。王兴三被捆绑得结实,动弹不得,他牙齿磨得吱吱响:"你们杀李麻子,杀'黄皮子',为什么绑我!"见那当兵的不吭声,王兴三就喊:"李麻子有地道,厂房后面有地道!"那个士兵怔了一下,马上明白过来,拼命往前跑去找长官汇报。

王兴三看那个当兵的提起枪就跑开了,坐在地上恨得咬牙。他被绑了,看不成国民党军是怎么消灭李麻子的,觉得遗憾。王兴三蜷着,听着厂房里咚咚的枪炮声,大体判断着国民党的军队该打到什么程度了。

大约一个小时后,枪炮声停止了,再过一会儿,有队伍慢慢往下退了,似乎在找什么。不一会儿,一个挎着手枪的长官走到王兴三跟前,拿出手枪指着他的脑袋:"我知道你,王财主家的孙子,李麻子的干儿,说吧，李麻子在哪儿？"

王兴三一点儿不怕，说："把你那破烧火棍拿开我就告诉你。"长官先是一愣，紧接着哈哈一笑，把枪拿开了。王兴三说："我不是李麻子的干儿，他叫我我从来没有答应过。我只负责放马，因为这匹马是我家的。这山上有地道，可以通到西湖边上，我估摸，李麻子这会儿就在地道里。"长官这一听就懂了，马上指挥一队人马封锁后山，然后用手枪指着王兴三，让他带路找地道。

在地道里被追击的李麻子毫不畏惧，拼命地向国民党军队的士兵还击，一边开枪一边大骂："你们这帮王八蛋，骗我签下协议帮你们打下日本，现在你们又要杀我。我和你们拼了！"就在这时，李麻子猛然看到走在前面的王兴三。就在他发愣想喊一声干儿的当儿，一颗子弹打在他的前额上，王兴三看着李麻子的脑浆像豆腐汁一样溅了出来。

收拾完战场，那个国民党军队的长官走过来，用手枪挑着王兴三的下巴，笑吟吟地说："老子是国军骑兵团团长刘大鹏。从今天起，你和马都被老子征用了。老子不是土匪，但老子要找到你家的银圆。"

四

两个月之后的一天,王朝祖才知道孙子王兴三落到了国民党军骑兵团手里。这个骑兵团擅长运动作战,但基本在淮北这一带活动。那天,很多人都看到了,刘大鹏押着王兴三在王朝宗家挖银圆。国民党军队那阵势,可比刨地三尺厉害多了。刘大鹏竟然在王朝宗的堂屋地面上挖洞埋了炸药,险些把房屋震塌,但折腾一番也没找出半个银圆来。

王朝祖知道更多国民党军骑兵团的事,那是听村里杀猪匠王德彪说的。这个骑兵团最近袭击了不少日伪军炮楼,经常杀猪宰牛地庆贺胜利。他们炊事班人手不够,王德彪经常被叫去帮忙。

为了孙子,王朝祖浑身是胆。再说了,国民党军队也不是土匪,总应该好说话点儿。王朝祖带了可怜巴巴的几块银圆去找王德彪,那银圆是王朝祖求了好几家亲戚借来的。王德彪领着王朝祖找到了刘团长,刘团长把银圆在手里掂量了一下扔到桌子上说:"你拿这破玩意糊弄我啊,我可知道你们家是大地主,国民党军队现在是正需要钱哪!你的弟弟王朝宗死了都不说钱在哪儿,他当然也不会留给外人。回去给我好好想想，如果能提供一点儿线索，到那时候再来领孙子吧。"

王朝祖还想说什么，刘团长把手一挥："我听说你是把孙子送给李麻子当干儿的，你有点儿通匪外加通日的嫌疑。"王朝祖一听脸都白了，王德彪也赶忙跟着打圆场。刘团长哈哈一笑："看在这几块银圆的份上，我今天先不绑你了。"然后冲通信兵一挥手："送客！"

无论日伪军，还是国民党军队，要的都是那笔银圆。为了换孙子回去，阮穗还真动起了找银圆的念头。王朝祖说那是白费气力，说老二那人一辈子吝啬，鬼精得要命，临死连儿子都不告诉，藏在哪里鬼会知道。但阮穗坚持要去找，阮穗说："老二死前说'东山上，西湖里'，这就是线索。首先，咱们这就是西湖村，所以银圆肯定没走远，就在村子里……"王朝祖说："这都是废话，还有东山上呢。东山坡那么大，你去挖？"

要说东山，村民大体都知道，这是说土煤窑一带的丘陵。要把东山当成哪一座具体的山头，那就谁也没准头了。阮穗肯定地说："我觉得，碉堡旁边的那个土岗子就是。要是老二把银圆埋在那里，确实是鬼也找不到的地方。"王朝祖说："那算个狗屁山，那是翻修西湖河道时挖出的淤泥堆。"但阮穗坚持自己的观点,说老二王朝宗的银圆肯定就埋在土岗子那里。

尽管王朝祖一再反对,阮穗还是执意去找银圆了。阮穗是傍晚去的河边,她想悄悄来找这个宝藏。刚到河边的时候,河水上还结着一层薄薄的冰,当地人叫作"麻皮子冻"。麻皮,是这个地方的特产,就是一层薄薄的面皮沾上芝麻然后用鏊子熥干,熥干后的面皮轻盈透明,往往刚碰到嘴唇就碎在嘴里了。现在,阮穗面前的这条河,河水结的冰就像麻皮子一样。河边的一排泡桐树在黑色中像幽灵一样竖着,腰干向上是插向天空的光秃秃树杈,树杈中央是一个个黑疙瘩,那是织得密密麻麻的老鸹窝。

阮穗弯下腰,摸索了一下,地面上是一层细密的老鸹粪,她小心地避开,再往下,地面是硬邦邦的沙碱土,中间混合着一种当地称为"砂礓阮"的土石颗粒。她抠了几下,没有抠动脚下的土,又挪了挪步子,还是没有找到松动的砂礓。阮穗直起腰来,她想:不用试了,这层薄冰吐口吐沫都能跌碎,丝毫不会影响接下来要完成的事情。

阮穗一刻没有停歇,直到鸡叫三遍,天都放亮了,她才停下来看看身后，竟然挖出了一个面积不小的深坑来。她觉得希望就在这里。但是，第二天再来的时候，河堤上已经站满了村民，认识的和不认识的，还夹杂着一些身份特殊的人。从那以后，阮穗连续去挖了一个多月，身穿便装混在人群里的国民党士兵和共产党县侦察大队队员也随着挖了一个多月。这下可好，最后，整段河道都被挖出的土填平了，也没有找到任何有价值的线索。

阮穗担心着孙子的命运，但孙子王兴三却不怕，他是个命大的人。小时候，王俊章就找算命先生给他看过，算命先生也这么说，事实也验证了这一点。

在王兴三被掠到国民党军骑兵团不久，中国大地上展开了对日伪军的全面进攻。眼见日本人大势已去，淮北大地上的国共力量再次展开角力。那支游动作战的国民党军骑兵团原虽是一支战斗力极强的国民党部队，但成员大多来自南方，大多官兵也不愿再打，更不愿为自相残杀的内战送命。那刘团长是一等狡猾之人，把队伍重新撤到刘家庄后，便一直按兵不动，坐等新的指令。

1947年，附近几支完成了消灭日寇任务的八路军部队成为解放军，也有了新的任务，把主要目标锁定在了这支与其编制数量大体相当的国民党军队伍上。但是，面对这样一支养精蓄锐的强敌，部队也没有轻举妄动，一面等待时机配合大部队开展行动，一面在西湖村西二十里地的小王庄驻扎下来，严密监视国民党军骑兵团的动向。

解放军在淮北大地上的摧枯拉朽，让刘家村的国民党军骑兵团完全失去安全屏障。他们沉不住气了，开始蠢蠢欲动，伺机逃窜。但是，此时已有天罗地网，想跑谈何容易。新上任的共产党县大队队长杜金宝再创奇功，居然拿到了刘家村国民党军骑兵团的详细布防图。这布防图是杀猪匠王德彪两年来从国民党军那里一点一滴搜集过来的——王德彪早在三年前已通过地下组织秘密加入共产党，他去刘家村骑兵团为国民党军杀猪只是幌子，刺探军情才是真正的目的。

鉴于刘家村国民党军骑兵团的装备精良，又对本地地形熟悉，指挥部和县侦察大队研判情况后决定调虎离山，擒贼先擒王。经反复推选，他们制定了较为妥善的策略。

当王德彪和老汉王云生走到东山岗子哨卡时，正是日头刚升。在石头桥边，两个哨兵正在欺负一个骑毛驴的男孩。平日里的哨兵，王德彪大多熟悉，今日这两个恰好是刚刚换班的，王德彪全不认识。

两个哨兵不管来人，他们把男孩从驴背上拽下来，让男孩学驴叫，不叫，他们就打毛驴；叫得不响，他们仍打毛驴。男孩只好边哭边学驴叫，而两名哨兵竟然在一边哈哈大笑。

王德彪实在看不下去，对他们进行劝阻，两个哨兵一看不乐意了，直接把枪口对准了王德彪。王德彪非常镇定地说："我是来见刘团长的。"两个哨兵一听这话，把枪竖直了，问："有什么凭证？"王德彪说："姓名就是凭证，我叫王德彪。"哨兵听王德彪直找团长，口气又比较硬，也没再问，说："等等，我进去问问。"过不多久，哨兵回来了，身后跟着一个老兵，王德彪认识他，是东北人。老兵一看是王德彪，忙笑着摆手："老王来了啊，可惜今天没有杀猪任务，吃不了杀猪菜了。"

两人先在外面等着，老兵进去汇报，等汇报完了，才招呼两人进到团部指挥所。刘团长在座位上没有起来，他使劲把屁股挪到座椅边缘让身子斜着躺下来，然后一条腿弯曲地盘到另一条腿的大腿上，崭新的美国造黄皮靴一尘不染，被盘着的那条腿的鞋跟正卡在支撑椅子平衡的一根横置圆木棍上。刘团长斜着身子,歪着脑袋,眼睛上下打量着,手里拨弄着驳壳枪,猩红的穗子像一团火一样在他手腕下面跳来跳去。

王德彪走在前面,两臂下垂,昂首阔步,两只眼睛炯炯有神,步伐很快也很稳健,浓密的胡茬上挂着一层厚厚的霜冻,和头上戴着的翻毛狗皮帽子的白色帽垂连成一片,远看像是一圈白色的络腮胡子。后面的老汉王云生年纪稍大,后背佝偻,黑瘦的脸盘,额头的皱纹像刀割出来的口子一样,长着稀疏胡须的嘴巴上面挺出一个高大的鼻子,和整个人极不相称,两条胳膊拧在一起插在两条袖子里,不紧不慢地跟在王德彪身后。

"站住!"刘团长跟前的一个卫兵拦住了王云生,"把手拿出来!"王云生吓得一哆嗦,赶忙把袖子里的手拔了出来。

"你找我?"刘团长发话了。

"是这样的,老总,我是来给你下帖的。"王德彪说着,把一个红纸折叠的信封双手递到团长办公桌上,接着说,"明天王云生老汉嫁女儿,因为老总您是咱这一带第一体面人物,所以特地来请您过去喝杯喜酒,一是给咱庄稼人长长面子,二是也给咱们弟兄解解馋,办了不少桌席，老总可以带些弟兄一起去。"

"哦，这事啊。"刘团长放下腿，听到把他放在西湖镇一带头面人物的位置上，顿时来了兴致。他把身子坐正，伸手拿起红纸帖，打开，上面写着：农历十一月初八，西湖庙王云生嫁女，请刘团长起尊同贺。刘团长思量了一下，觉得可以趁这个机会出去走走，看看动静，判断一下庄稼人的动向。刘团长使劲坐直了腰，站起来哈哈一笑："明天中午，我定赴宴。"

第二天一早，王云生老汉家就忙开了。不大的院子里挤满了人，院子东南角架起两口大锅，王云生婆娘的姐姐和邻居吴大奶奶负责给这两口锅烧火，六个用湿泥土坯垒成的垛子构成一个弧形，上面支撑着五十丈口的大锅，大锅里填满水，压得土坯垛子纹丝不动。成捆的木柴堆在身后，整个木桩塞进红彤彤的灶膛里，猛烈地吐着信子的火蛇恶狠狠地反复扑在潮湿的土坯上，瞬间便消了势头。土坯冒着热腾腾的烟气，靠近出火口的一块已经烧得发白了，土坯和泥时用的麦秸秆被烧得黑乎乎的，然后发白成粉，飘落下来。寒冷的冬天让大家都羡慕这个烧火的工作，不但暖和，还可以不停地闻着锅里炖肉的味道。

王云生杀的是一口白花大公猪，虽然早年就被割了蛋，但发起情来几次都差点把王云生的婆娘拱倒。王云生早就发了毒誓："早晚非亲手杀了你这狗日的！"公猪昂着头和他对战，好像在抗议：我是猪，凭什么骂我是狗日的！有一次王云生抬腿一脚，没踢中，却差点被猪咬到脚趾，吓得连滚带爬出了猪圈。

杀它的时候，这畜生仿佛有预感，纹丝不动，任人把它捆绑，抬到门板上。紧挨着门板是平地上挖出的一个大坑，坑上坐着的也是一口大锅，大锅底下是个通道，人在通道一端烧火，烟气从另一端冒出。大锅里已经烧好了滚开的热水，只等一刀下去，把猪滚入水中。

杀猪的活当然少不了王德彪。花公猪一声不吭，脸对着大锅侧躺着，眼睛蒙着一层厚厚的眼屎，前腿、后腿被分别绑在一起，后腿外面，被割过蛋的阴部，松散的蛋皮耷拉在大腿根上。王德彪生得精瘦，胡子刮得干干净净，系着围裙，戴着套袖，穿着水鞋，他的脸和猪的脸朝着同一个方向。

王德彪右脚踩住猪嘴，左脚挪了挪，使劲把住地面站好，这才从后腰牛皮囊里掏出事先磨好的尖刀，弯下腰摸摸猪的脖子，然后停顿了一下，伸腰把床板前放着用来接猪血的大黄盆动了动说，这血人不能吃了，肉还行。王云生急了："这血怎么了？"王德彪说："怎么了？再过一天这猪不用杀，就该自己死了。热毒病。你没摸摸猪都烧成啥样了？眼睛都被眼屎糊住了。"

接完了血，把猪滚入沸腾的大锅中，抓住一条后腿，用剔骨刀从后蹄处开个窟窿，几个年轻的汉子趴在窟窿处轮流往里吹气，很快，猪的身体圆滚滚膨胀起来。吹气的小伙子们也累得一个个眼冒金星头发晕。那都没事，等上了黄香，拔了毛，开膛破肚之后，那个尿脖就是他们的了。猪的尿脖很大，把它高高举起，把尿倒出来一部分，然后顺着小肠头使劲往里吹气，直到爆炸，炸得每个人都一身猪臊味，这才是年轻人的乐趣。

刘团长带着队伍到了村西头的大树林子停了下来，王德彪早就站在这里迎接了。刘团长是带着一个营的骑兵过来的，但他考虑再三，还是对着他们说："你们就在这里待命，任何人不得离开，我很快回来。"

王德彪快步前面带路，没多久就到了王云生家。就在这个当儿，奔袭而来的解放军骑兵团，已经从外面合围住了刘家村。

五

打起冲锋那阵,信号弹在晴朗的天空升起,先是集束的炮火,炮火一停,黑压压的骑兵队伍开始全线扑向国民党军骑兵营地。刘家村外围有两道战壕,一直趴在战壕里的国民党士兵被这突然到来的冲锋弄蒙了。

当时,王兴三还在马圈里打盹。一阵枪响之后,他几乎是跳起来的,牵着白马就往外跑。外面的情形可不好,炒豆子一样的枪声吓得王兴三不知所措,到处都是被子弹击起来的尘土。营地上几棵高大树木已被炸得全无踪迹,裸露在地表的除了一堆堆士兵尸体,就是被血浸红的黄土,国民党士兵躲在一些土房子里疯狂还击。

王兴三不得不躲一下。他蹲在一个土坑里,惊恐地看着一个大个头国民党士兵端着刺刀刺向一个刚下马的新四军骑兵战士,那骑兵战士闪身一躲,国民党士兵手里的刺刀也刺了个空。国民党士兵丢了枪,一把将骑兵战士抱住摔到地上,翻身骑上来死命掐住他的脖子。骑兵战士双手在地上乱刨,但始终无法翻过身来,憋得脸都发白了,眼珠子乌青。王兴三的脑门子一阵发热,随手抄起一把铁锹照头劈去。一股温热的血液溅到他脸上,他本身就有血晕的毛病,那股鲜血冲上来的一刹那,他头一蒙,什么也不知道了。

醒来的时候,王兴三已经坐在马背上了,那个被他救了的骑兵战士正在给一个领导报告,大体意思说王兴三是个好人,救了他一命。那领导是个四十多岁的军人,浓眉大眼,听完战士的报告,笑着称赞他:"小伙子真不错,成了救新四军战士的大英雄!"这时候过来一个军官向这位领导报告,王兴三才知道这位领导是新四军骑兵团的周团长。

骑兵团拿下刘家村国民党营地的时候,刘团长刚刚走到村头树林里和他的随行人员会合。远远地就看到整个营地被炸得浓烟四起,刘团长知道大势已去,赶紧带领这些骑兵绕道往西逃窜。

按照计划,骑兵团原地休整半个月。周团长的通信兵牺牲了,坐骑也被炸飞了脑袋。周团长被流弹打伤了一条腿,躺在王朝宗旧宅里养伤。自从王朝宗全家或死或失踪,这座"凶宅"再也没人来过。新四军需要休整,又不愿扰民,便顺便把这座老宅收拾出来用作临时的团部了。

休整期间,周团长夜夜和王朝祖促膝长谈,再三让王朝祖想办法找到王朝宗埋藏银圆的下落。周团长说，全国会陆续解放，需要用钱的地方多着呢，这些地主家搜刮的民膏民脂，再用来造福新中国，也就算功过一笔勾销了。王朝祖表示会尽力，但他能去哪里找到那些埋在"东山上，西湖里"的银圆呢？

时间又过了两年，淮北地区解放，西湖镇也升格为了西湖县。西湖县成立第二天，县军管会成立，杜金宝任县军管会主任，董八秀那几个曾经来过西湖村的侦察队员分别任西湖县新政府各职。王朝祖心如明镜，知道杜金宝他们来西湖村的目的。论起打仗作战，他们或许是一把好手，谈起执政一方，那真是不敢高估他们。而周团长虽然可靠，但毕竟是要离开的。

果然，半月之后，上级一纸通知下来，周团长率骑兵部队向南开拔继续追击残敌。临走那天，周团长带上了王兴三，也带走了那匹历经风云的大白马。把孙子交给周团长，王朝祖终于了了心事。

西湖县百废待兴。解放军南下的这个夏天，天旱得厉害，小的树苗早就干枯了树枝，粗些的大树也显得没精打采，连最顶端连着主干的叶子也都打蔫地有些卷曲。知了拼命地叫,蚂蚁也在干枯的洞穴里待不住了,纷纷出来。这是个不正常的夏天,地面上裂开了大口子,仿佛能吞进去整条狗或者骡马。有阴凉的地方坐满了人,他们在交谈着什么,但说话的劲头也比以前小了许多。几个庄稼汉光着背,裤子被剪成了短裤,头顶着湿漉漉的毛巾。他们议论着眼前不容乐观的形势,考虑着下一步的打算。主政西湖县的杜金宝显然没有放松对王朝宗那万贯银圆下落的追查。正是在这个夏天,他急不可待地开始了自己的行动。

天旱是农民的大灾,却是杜金宝的好机遇。董八秀逢迎地提出了西湖河改道的计划。西湖河虽然也面临干旱考验,但丝毫没有改道的必要。董八秀提出的改道计划,恰好能把那个土山岗子翻个个儿,然后再挖出河道来。这不仅劳民伤财,一旦改道,也会导致近邻唐家村水源拮据。但是杜金宝已经顾不了这些,他坚决要推行这个计划。当然,西湖村的村民都明白杜金宝的意图,不过是为了翻出那些银圆。

村里的老少爷们儿都被赶着到东土岗子安营扎寨去了。不管愿意还是不愿意,那由不得自己说了算,董八秀说这是建设新中国的伟大壮举,任何人不得怠慢。村民们用高粱秸秆和圆木混搭成人字形的草庵子，统一铺着麦秸稻草，不分男女老幼统统睡在一起。睡在外面的还好，睡在里面的连半夜上厕所都是个麻烦。只有一个办法，晚上少吃少喝。也没个茅厕，大家起夜都是自己找地方解决。不过，东土岗子空旷得很，这个问题倒不是太难。

王朝祖老两口不但要去河边挖淤泥，还要响应号召，让杜金宝带着民兵大队把自己家堂屋地下仔细挖了又挖。杜金宝怀疑老爷子王学成虚晃一枪，把钱暗地里给了王朝祖，而名义上虚张声势说给了王朝宗。但一切都是徒劳的，杜金宝除了把西湖河道实际上进行了一次清淤外，再无收获。

杜金宝的清淤工作终止于这年十月一场罕见的大风雪。那是个傍晚，挖了一天淤泥的村民们正在东山岗子上休息。突然，大家发现在距离西湖村十几里地远的方向，一片绵延数千米的黑云如一条巨龙，一边翻滚一边向空中扶摇直上，眨眼间升腾至半空，半边天空随即陷入昏暗之中，接着以排山倒海、摧枯拉朽的气势向西湖村倾轧过来。正在现场指挥的杜金宝见状，拔腿跑进村委会。

狂风携着沙尘与雨滴叮叮当当地敲打着帐篷顶部，发出巨大声响，感觉房顶似乎随时都会垮塌下来。村民躲进帐篷，听着狂风暴雨发出的山呼海啸般的声音，感觉回到了解放前的岁月，整座帐篷已被密集的炮火覆盖，摇摇晃晃，紧接着被连根拔起。

暴雨过后，气温骤降，下起雪来。

人们先是为了这场壮观的大雪而兴奋，激动地在门口，发现雾绰绰的对面不见人影，正所谓：出得门来，三步之内黑狗变白，白狗变肥。像成块成块扯碎了的床单往下掷，接下来成团成团地往下滚，苗条清秀的树干几乎都因承受不住重荷而折断了腰。进而压塌了茅厕，一只在里面寻屎吃的母狗因此动了胎气而流产。接着是压塌了不少人的祖房。

一位打此经过的算命先生说，这是因为清淤工作挖断了西湖河水系的龙筋，这是天上的水龙王在发怒呢。迷信的杜金宝心里产生了害怕，他怕遭到报应，便在这场大风雪之后彻底停止了寻找银圆宝藏的举动。

六

新中国成立后，热火朝天大搞建设的五年过去了，王兴三仍杳无音信，这让已风烛残年的王朝祖和阮穗焦急万分。有传言说王兴三当了逃兵，也有传言说他被国民党俘虏去了台湾，这些消息更让王朝祖和阮穗心里乱成一团。而折腾了五年没有得到任何银圆线索的杜金宝一直非常恼怒，他借机把这股怒气发泄到了王朝祖和阮穗身上。

那天，阮穗正在家里，把去年秋天从花椒树上摘下的带着枝梗的叶片从黑得发亮的破旧橱柜里拿了出来。橱柜原先是阮穗陪嫁过来的衣橱，后来实在不堪用了，阮穗直接挪在厨房里了。

花椒叶早在去年就已经被晒得干焦干焦的了，放在白布里包着。白布是从王学成去世时他们穿的孝衣上撕下来的，另一部分成了笼布。隔着白布，阮穗把花椒叶和花椒枝梗用棒槌敲得粉碎，然后倒在滚着开水的大锅里，又使劲地往火红的锅灶膛子里塞了几根稍微潮湿的劈柴。这座锅灶少说也有四十年了，算得上老古董了。锅灶口的横砖上结着厚厚的烟油子。潮湿的劈柴猛地钻进烈焰的锅灶膛子里，锅灶发出难以忍受的噼里啪啦的咳嗽声，一股股泛着亮黄如同油漆般光泽的浓烟从锅灶口喷薄而出，呛得古老的锅灶口乌黑的横砖处挂上一层细密的黑黝黝的水珠儿。火在瞬间被浓烟呛得熄灭了，阮穗并没有回头，转身向厨房外面走去，这时身后的锅灶轰隆一声，阮穗心里一跳。锅灶口在经历瞬间压抑后猛然喷出一个巨大的火球，潮湿的劈柴着了，锅里的水开始沙沙地响了。

阮穗丢下锅灶转过身来，看到杜金宝正带着一帮子人向自家门口走来。杜金宝显得特别精神，梳着锃亮的背头，几乎看不到的脖子上嵌着一个大脑袋，一身黄军装，上衣开着，解放鞋和他的脸一样，油腻腻得能照出人影来。当了几年县军管会主任，杜金宝有点儿大腹便便了。他摇晃着身躯，身后跟着一群手下，有他当年的战友曹合子，还有几个新结交的。

阮穗并没有搭理他们，但杜金宝却是冲她来的。曹合子上来一脚蹬倒了阮穗，她跌倒下去又撞到了一旁立着的面盆。咣当一阵响，面盆碎了一地瓷片。杜金宝说："你孙子是反革命，已经投靠外国，你们大地主的后崽子都是靠不住的！"阮穗站起来直盯着他，一字一顿地说："你想怎么说就怎么说，我孙子总有一天会回来的。"

杜金宝一扬手："别啰唆，把人绑了，放到村公所打扫厕所去。"阮穗说:"不用你们绑,我自己去,看你们能怎么样。我行得正,啥也不怕,人作恶天在看。"杜金宝说:"别扯这些没用的,有感慨做梦说去吧。"一伙人架着阮穗就去了村公所。

阮穗到了村公所以后,看到王朝祖已经被关在那里了。王朝祖被关的地方是一间小仓库,阮穗看到他时,他脸上有几块青紫,那是杜金宝他们下手打的。

他们把王朝祖和阮穗关押在一起,先是让他们反省,考虑作为一个叛徒的家属,如何给人民一个交代。然后就是交给他们一堆任务,主要就是打扫厕所和处理村公所的杂活。在那个疯狂的年代里,王朝祖和阮穗只能按照杜金宝他们说的办,只是孙子的杳无音信让他们心乱如麻。但他们坚信,孙子是不会当叛徒的,总有一天他会光明正大地回来。

杜金宝对王朝祖和阮穗的无端折磨并没有持续多长时间,就被另一场灾难所覆盖。那年年末,西湖县发生了大饥荒,各村里的集体大食堂也陆续断粮。政府发了带皮的谷子,一人一天一两,煮成稀汤喝了,撒泡尿肚里就没啥了,人饿得走路都摇晃。生产队有一百八十多人,六十岁以上的老人和五岁以下的小孩饿死四十多。

成年人青年人耐扛一点，可也饿得走了样脱了相，浑身浮肿，胳膊腿细，肚子大，天天吃蒸红薯煮红薯，吃得直吐酸水。

被放回家的王朝祖老两口和别人一样，每天都是一步步挪向大食堂，羸弱得没了任何气力。阮穗瘦得就剩一副皮了，颧骨高高凸起，深陷的眼睛像两盏半夜里亮在坟地的灯，满嘴的牙全部伸在外面。她的耳朵根部不知什么时候破了，流出的血经过耳垂，在腮部郁结，乌黑的一块，像是只巨大的狗鳖子。这种只长在狗身上的虫子趴在某个部位根本一动不动，看上去就是一个刺猴子或者囊肿。

临死那天，阮穗有点儿回光返照。虽然两三天没有进食，但她突然感到浑身一阵轻松。她觉得饿，就在开饭的点赶到了村大食堂。锅里清汤见底，榆树叶子剩下几片、茅草根没几根，略显浑浊的汤是最有营养的了，那是用玉米面或者荞麦面下的料。

"啪"的一声脆响，阮穗手里的碗掉了，她实在没有端起一碗汤的力气，紧接着人也倒下了。倒下的阮穗看见地上掉了一片榆树叶子，忍不住塞进嘴里。"×的，谁让你捡的?! 这掉的榆树叶子也是公家的，不能塞你嘴里，吐出来！"一个声音恶狠狠地在一旁吼叫。这个声音无比耳熟，是杜金宝。西湖镇的饥荒惊动了省里领导，调查后得知是杜金宝一门心思用在挖取银圆宝藏上而误了生产建设。杜金宝为此被撤去一切职务，最后下放到西湖村大食堂工作反省，成了一名伙夫。

阮穗坚决不吐，迅速吞咽到肚里。阮穗吞下榆树叶子，目光也有了变化，仿佛赚足了便宜。她躺在地上，鼻血哗哗流着。人确实是奇怪的动物，受了这么多罪不会死去，并且瘦弱成这样，还会有这么大量的鼻血。那鲜血像喷泉一样，红得发黑的血液流到嘴边，顺着嘴角淌在地上，地面殷红一片，那是阮穗留在世上的最后一点温热。三天后，王朝祖也饿死在自己家中的土炕上。这是一九五八年的西湖村。

而一九五八年的南朝鲜，在遥远的釜山外海巨济岛上，王兴三和周团长正躺在铺着干草的帐篷里。朝鲜战争换俘后期，美军以"甄别"为由要将八十多名志愿军战俘移交台湾。在他们的集体抗议下，"联合国军"一方以各种理由将他们一直滞留巨济岛。眼下，这项谈判有了新的进展。但周团长的伤势严重，且伤口不断恶化，战俘营无法为其提供必要的医疗救治。谈判还要很长时间，周团长自知活着走出去的希望不大，便给组织替王兴三写了一封信，讲述王兴三在前线的英勇，并证明他展现出了在武器研究方面的天赋，希望他回国后能得到一个技术岗位。王兴三是被周团长带上革命道路的，他们一路南下到广西，然后又北上过了鸭绿江，进入朝鲜。过江那天，周团长还开玩笑说："等打完这仗，回来带着你去挖银圆。"没想到两年之后，他们弹尽粮绝，全部被俘了。

周团长没能回去，遗体留在了寒冷的异乡。回国后的王兴三在经历诸多波折之后被分配到了省城军械研究所。当他急不可待地回到淮北老家时，得知爷爷奶奶早在几年前就离开了人世。他也听说了那些年月为了寻找银圆所发生的疯狂之举，他也不想再找什么人去要个什么说法。看着眼前的这一切，他一言未发，选择了彻底离开。

尾　声

五十年后，村民当年眼里的王兴三已成为赫赫有名的军械专家王传仁，获得了多项发明专利。临退休那年，王传仁决定回老家一趟，毕竟那里是他的根，他更要看看那个儿时的村庄。当然,那谜一般的"东山上,西湖里"也同样纠缠着他。这笔银圆到底存不存在,王传仁也没有亲眼见过,他宁可相信那只是苦难岁月里一个大家都愿意相信的传说。

家乡已物是人非,只有王朝宗当年的那座老宅子如今还孤单地矗立在那里。王传仁决定为家乡修一条路,而老宅子是修路的最大障碍。作为见证这个家族那段特殊岁月的唯一幸存者,和曾经生活在这座老宅里的小主人,当王传仁提出把老房子拆掉时,没有任何人提出异议。

看着这座岁月斑驳的老房子,想到半个世纪以来因为它身上可能存在的巨额银圆而发生的恩怨,以及给整个家族带来的种种厄运或转折,王传仁感慨万分。但也正是这些磨难,让昔日的马童王兴三成长为今天的军械专家。当年迈的老兵王传仁回望自己的成长之路时,突然萌生了一个想法。他要回归故里,用自己的专利奖金回报家乡。套用一句时髦话说,他摒弃了狭隘的个人观念,向着一个更高的思想状态进了一步。王传仁下定决心,就从把这座挡路的老房子推倒开始。

一切准备就绪,当庞大的推土机轰鸣着推倒厚壮的王家老宅时，在场的所有人都惊呆了。滚滚灰尘散尽，纷传半个世纪的谜底逐渐清晰：厚厚的东山墙空洞深邃，夹层里散落着大大小小的锡壶，里面装满了明晃晃的银圆……

后　记

大风向西
——纪念讲故事的人

　　我在大风的十字路口，把您留下的一切烧成了灰。大风向西，烈火灰烬，一路高歌猛进。天空青着脸色，似有大雨到来的迹象。也或许，是关于您的讯息。

　　他们试图喊醒我。我是做梦？被困在梦魇里，整个人空空荡荡。我坐起来，来到您的身边。您平静得像是在熟睡中，身旁簇拥着您所钟爱的一切——机械手表、牛皮钱夹、打眼腰带和一张我的照片。您的双手依然合在胸口，没有任何异于平时的表情，哪怕一个细微的地方。

　　昨晚，您躺在家里自己的床上，子孙们围绕着您。

您一直半睁着眼睛，子孙们都以为您昏迷了。没有，您只是在竭尽所能地调动着全身的能量，在等一个人。于是，他们告诉您，说我正在赶回来的路上。

今天早晨，您还算清醒，向孙子辈们交代了很多事，关于如何管理孩子，如何把他们培养成才。您是肺功能衰竭，没有力气，每次说话，都匆匆几句，却要喘息很久。黄昏时分，您的情况凶险。所有人都有了心理准备，您随时会离开。

晚上十点，我几经辗转赶到。您曾经魁梧的身躯只有一副骨架，瘦弱得连一副假牙都无法支撑。他们说，整个下午您都是高烧，处于昏迷之中。我依偎床边，一直握着您的手。半个小时后，您居然退烧了，眼睛微微睁开。我附在耳边喊您："爷爷，能看到我吗？"我把声音喊得很大。您有点儿耳背，这是几十年的老毛病了。"能——"您的声音浑厚，而且拖得很长。我知道，这就是我们之间的最后一句道别了。

我守您到夜里十一点半。我不能熬夜，几十年来形成的生物钟，让我接近十二点就大脑迷糊。几个月后，他们才告诉我，说临别那晚您彻夜未眠，凌晨两点多还在四处张望。他们知道您的心思，问您是在找我吗，您努力点点头。他们告诉您我坐车赶回来太累睡了,您又点了点头。我在您身边,您已安心。您知道我就在您的床上。

我到了您的床上,而您已经按照风俗,被抬到了一张小床上。在房间厅堂冲门的地方,您安静地躺在那里。床头放着崭新的寿衣。这些寿衣是您很早就挑好了的,您喜欢这些口袋,好像是有很多秘密要装起来,要带走。

一路辗转,惶恐慌张,心力交瘁,我在泪水中想着我们的过往。几十年来,我每逢回来,就会和您在一张床上挤着睡。我们总会聊到半夜,聊得停不下来。聊您年轻时负责的工作,聊起遥远的早已不在人世的朋友,聊起那些发生在您身上的细小的但闪着光的事情。

有一道光,在我面前闪耀了一下,一蹦一跳,忽远忽近。我硬撑着眼皮坐起来,看着那道光,起身跟了出去。路上很黑,就像钻进了一个隧道,有舞动的光芒,有哗哗的水流。您也在这里?我知道,您喜欢到处走动,喜欢去远的地方,喜欢看望老朋友。这二十年来,我一直陪着您。现在,仍由我陪伴您这一程。他们把床搬了过来,您依然躺卧着,我守在跟前。

小床漂浮着,像一条船。船身猛地一震,原本平静的水面泛起巨大的漩涡,一股强大的力量拉扯着船。我们站在甲板上,朝着漩涡中心迅速滑去。先是窄窄的河流,两岸峭壁耸立,似两堵遮天的巨大屏风,将天空挤成窄窄的一线。月光从这狭窄的缝隙中艰难穿过,在您身上洒下星星点点的光芒。江水在这逼仄的水道中犹如一条被激怒的巨龙,湍急地奔腾着。它裹挟着无尽的力量,掀起洁白如雪的层层浪花,浪花相互撞击、破碎,发出震耳欲聋的咆哮。

船身小心翼翼地前行,时而遭遇险滩,随着高低起伏的水流剧烈摇晃;时而陷入湍急的水流,仿佛被一只无形的大手肆意摆弄。四周犬牙交错的巨石,细看又宛如步兵精心排列的阵势。船体狠狠划过暗礁,尖锐刺耳的摩擦声令人心惊。您决意前行。什么也阻挡不了您的决定,如同您馈赠给我的意志力。

驶出漫长的窄道,眼前是一座被迷雾笼罩的神秘岛屿。岛上闪烁着奇异的光芒,有悠扬的歌声,空灵动听。一群半透明的精灵在岸边翩翩起舞,散发着柔和的光芒,与茂密的花草树木融为一体。一条大鱼如痴如梦,鳞片闪烁着五彩的光,伴舟而行。大鱼是我的名字。多年以前,我的名字"鲲"刻进了大鱼的意向。大鱼,如今是您灵魂的仆人。

我们顺流而下。舞动的光芒断断续续,水流像一面镜子,映照出很多过往。您描述过他们。那是您的父辈、祖辈,以及您出生时就已离世的亲人。他们如此亲切,看着您,和蔼地笑着,点着头,并不说话。你们彼此懂得对方。

光芒时隐时现,直到燃尽能量。我们进入了一片巨大的沼泽。水流是看不见的,沼泽一片混沌迷蒙。水流像是人在喘息,发出"唉唉"的叹气声。您的肺病就是这样。

水流突然消失,我们在一个村口停了下来。村子熟悉而陌生,这是您曾生活的地方。村子东头的几户人家稀稀疏疏,独立于整个村庄之外,被一条贯穿南北的小路隔开。小路靠村内的一侧有一口水井,还有妇女们洗衣服用的石板。顺着村子中央的椭圆形水坑往里走,是一片熟睡的气息。

在水坑的五分之一处,一个茅草房里有微弱的灯火。那是打更人晚上待的地方。村庄在冬天是需要防备盗贼的,每家每户的男丁们要轮流排班打更。打更的人会早早到这个房子里,他们在那里打牌,盗贼若来,狗儿的吠叫会提醒他们。

您向着房子走去。以前,您总要去那个地方。屋子里人声嘈杂,您推门而进。还是那张桌子,圆腿的。桌子腿只有三个,另外一条腿用土坯支着。有四个人坐在那里打牌,其中三个我认识。您年轻时常带着我和他们一起打牌,他们临终时,您还为其中两个洗了身子。他们就像早已知道您要来,就像在久等一个老朋友那样,微笑着。

您找到了自己的住所,一间黑而陈旧的房屋,这是个我既模糊又清晰的地方。整个山墙上布满绿莹莹的光点。我不确定这带着绿光的物质是什么,但非常熟悉。村口水井边上会长出这些来,下雨天过后的草地上也会长出这些来。您在年轻时患过肺结核,经常咳嗽,这些痰迹,是那些岁月的印记。

您无数次向我描述起这个小房子,我是第一次见到它,居然有久别重逢的感觉。您停了下来,热泪盈眶。在这小房子里,您陪着祖父祖母和母亲,一个人陪侍着三个老人,陪着他们走到了生命的终点。他们是在十五天内相继去世的,可以想象您的悲痛欲绝。

我们原本是个很大的家族，家底殷实。民国时期，不仅耕田无数，还有自己的钱庄。日本人到来后，土匪、国民党军开始多了，八路军也成立了县大队。我们是大家庭，当然成为这些力量关注的重点。

那年的冬天，刚过二九，西湖河里就结出一层厚厚的冰。您和那些同龄孩子一样，正穿着草绳编的木屐在河面上溜冰，日伪军的征粮队则踏着冰面进了村子。

您认识的那个姓李的伪军队长，是邻村的。他骑着的高头大马就是从家里"牵"走的。李队长身穿黄呢军装，腰间插着一把锃亮的王八盒子。他身后还有几个"黄皮子"，压阵的是个戴圆框眼镜的日本人。

村口水井那里，是村民的聚集地。您跟着爷爷站在人群里，冷眼看着自家的账房先生给伪军们拿出三百斤粮食。咱们是大户人家，上缴了足足三百斤。日伪军的征粮队不过是个试探，村民们都想不到，艰难的日子还在后头。很快，晒谷场上的木架上吊起了尸体。那些拒不配合日伪军征粮的村民被杀一儆百。日伪军的举动打破了某种平衡，立即引起各方势力的蠢蠢欲动。当天晚上，一伙土匪也过来了，咱们家里又拿出大洋二十块。没过两天，又来了国民党队伍。

那个夜晚，显得特别漫长。咱们虽是大户人家，但苦于战乱，年轻人大都外出谋生去了。家里的男丁，就只有十二岁的您和您的爷爷。您小小年纪和爷爷讨论了形势，日伪军、土匪都是惹不起的敌人。国民党队伍里虽有一些熟人，但这支队伍实在难堪大用。八路军那边，县大队的杜队长派人捎信，说需要些银圆买枪支弹药。煤油灯下，您和爷爷酝酿了一个事关这个家族未来命运的重大决定：敲锣打鼓，杀猪宰羊，把能看到的浮财悉数平分给各方势力，但大量真金白银的家产却悄悄送给了驻地八路军用于抗战。

您和爷爷甚至将大院让出来，一家人搬到了马棚里生活，每顿吃糠咽菜，过着和所有贫苦人一样的生活。也就是在这时，村里其他的大小财主悉数被杀被抢，人财两空。您和爷爷用睿智救下了全家性命。

后来，日军节节败退。村里来了一支解放军的队伍，一个解放军骑兵团更是把指挥部驻到了咱家的大院里。那是淮海战役的决战期，战斗频繁而惨烈。驻在这里的骑兵团周团长的三任通信员一个月内都被打死了，您把自己当作这位团长事实上的勤务兵和专职马夫。那两个月来，您像个真正的战士，履行着一份无比自豪的职责。

那天的夕阳把院门外老槐树的影子拉得细长,周团长勒住缰绳时,胯下大白马的前蹄还在空中奋力刨了一下。您从草料棚钻出来,衣襟上沾着干草屑,手指缝里嵌着谷壳,看见大白马鬃毛上挂着血痂,喉头就哽住了。

周团长甩开马镫,牛皮靴底翻出一轮新月似的泥印。白马疲惫至极,用湿漉漉的鼻头往您怀里拱。您爱惜牲畜们的生命,白马也是您的朋友。周团长手掌粗糙,拍着您的肩膀说:"你把这马养得真不错。多给它吃点儿好的,夜里得添三遍草,加麸料,明天有大战!"

您知道,白马第二天的表现某种程度上决定着周团长的生死。您一夜没睡,与白马相伴,看着它吃饱睡好。当启明星还钉在天幕上时,周团长就全身披挂出了房门,牛皮腰带勒得军装后背绷出棱角。

那场恶战中,白马驮着团长几次冲出敌人的包围,最终完成了对敌人的反包围。战斗结束后,队伍接着要南下。临别时,周团长把您喊到身边,满脸不舍地说:"三儿,你还太小,等再长大些才能跟咱新四军。"您在家排行老三,大家都这么喊,周团长也这么喊。是啊,您那时才十岁出头,跟新四军走年龄还不够。团长说着,从怀里掏出一个东西,伸到您面前一把摊开手掌,一枚长约两寸的玉扳指在长满老茧的掌心泛着隐约的光:"彭师长当年给我的,现在,这个玉扳指归你了。咱爷儿俩有缘,可任务在身,今天这一别,不知道啥时还能相见,就当留个念想!"

几十年后,还在上小学的我不知有多忤逆,活生生用铁锤把您珍藏的玉扳指给砸碎了。当年我是多么顽劣无知,遇到硬的东西就不肯服软。您回来知道了,不知道有多心痛、多惋惜,在我储存的记忆中却没有责骂过我一句。

事后多年,我开始深深地内疚。又过了几十年,我四处打听,带您见到了当年那位团长的夫人。在您勤勤恳恳做那位团长的马夫时,这位夫人曾经几次到过我们家。那时候,她是一位年轻的新四军女兵。您开心地和这位已近百岁的老兵话说当年,说那时的战局,说那些战局里某位指挥员的战术布置是否得当。几十年前的那场战争,又重打了一次,谈笑或叹息,皆是知足。那一刻,我内心的歉疚才得以平复。

屋子里有点儿阴冷。您抱来一捆木柴,点了火盆。您是个闲不住的人,没事就用斧子劈柴,一劈就是一天，脱掉棉袄甩开膀子。后来，我给您买了手工锯、电锯，您依然没有闲着，把冬天要用的木柴堆放得像小山一样。火苗一蹿一蹿，借着休息，您在搪瓷缸子里搅拌了浓浓的红糖水。年轻的时候，您把一千毫升的血液输送给一个流浪的孤儿。您不愿放弃那个倒在村头的孩子，直到医生告诫您："这败血症是救不活的，把你的命搭进去也救不活。"后来，终其一生，您因为这次输血需要一直饮用红糖水补充能量。

喝下半缸子红糖水，我们都微微出汗了。我们坐到床上，倚靠着床头，又聊起这块土地上发生的故事。

小麦还是幼苗，在大地上冬眠。隆冬的季节，要在泛滥的淮河上修建蚌埠闸。几个月前，我曾把您带到当年的那座闸堤前，见到了翻滚的浪涛渐渐安静地依偎在沉默的闸墩前。那段年月里，依偎着您的是饿着肚子的民夫。您是生产队长，或者担任着比生产队长还高一些的职务，带着他们夜以继日地劳作。您安排村里的老人和妇女做饭，这份体恤救了那些弱者的命，也拯救了一些绝望的家庭。

遥远的饥荒也轮到了我。很幸运，曾经历过跟您当年一样的饥饿感。饥荒来自脚下的这片盐碱地。盐碱地是洪灾带来的，打不出庄稼。孩子们却不一样，隆隆的雷声反倒让他们极度亢奋。他们"盼望"更多的暴雨填平整条河道，他们还想要雨水把整个房子都霉透——这样家里会把床搬到打麦场上去。洪水滚滚冲过田野，庄稼地一垄垄的边界瞬间消失，那种淹没一切的壮阔力量，在顽童眼里就仿若面对汪洋大海，既害怕又期待。

连续的雨水改变着大地，也改变着我们的生活。那些垛起来的生小麦长出绿油油的稚芽，磨出的灰色面粉，成为我们苦涩而绵长的一日三餐。

作为这片土地上优秀的庄稼人之一，您没有被这滔天的洪水吓退。您平静地告诉所有人，洪水夺去了一些东西，也会给我们带来一些什么。您默默织好了渔网，带头去了洪水退去的河边。我们在河口的小溪汇入处架设渔网，等着鱼儿自动到来。这是改善生活的难得时机。您把鱼裹上面粉，在锅里配些野菜煮熟。那些汤我能喝上好几碗，当然，我更爱吃那些裹了面粉的鱼肉。

我总是狼吞虎咽地把鱼汤喝上几碗，您却不是。好几次，我都发现您对着饭碗念念有词。我问您说什么呢，您说感谢鱼呢。我很好奇："鱼死了会有魂灵吗？"您说："有。鱼的灵魂，就是把需要它的人喂饱。"

那是日落而息的年底。暴雨过后，我们常常睡在空旷的路边。晴天的夜晚，露水浓重，带来了凉气，我紧紧贴着您发烫的身体，就像一只柔弱可怜的小狗。冰冷的夜，我们就用被子蒙着头保存热气。那些夜晚，我是个孩子，精力旺盛得睡不着。您上了年纪，更是睡得少。那好吧，我们熬月亮，熬天上的星星，没完没了地聊天。您总是讲"洪水与船"的故事，一遍又一遍。

"大船就是在这个时候做好的。洪水即将来临，淹没一切。大船带走的人能够活下来，带不走的，就留在家里。"

"那么，爷爷，洪水到来的时候，没走的人要去哪里呢？"

"沉进水里，全部淹死。"

听到那些无助的人都将被淹死，顽劣的我竟蒙头大哭，一次又一次。现在想来，那时候我哭得认真，觉得天都要塌了，静夜中，您讲得那么开心，是在逗我、试探我。但这些眼泪一定有它细微而磅礴的源头，没有白流，它们就是您播种在我内心深处的悲悯种子，慢慢发芽长大开花，结出一颗颗掏心掏肺的文字。

后来，您怕我哭多了对身体不好，就把洪水的故事改了。

"那么，爷爷，洪水淹没村庄的时候，人们都去了哪里呢？"

"在天上飞。"

某种幻觉有一刻从头顶飞进嘴里，被我吞咽到身体里。我终究害怕离开您："会让我离开您吗？"

"我们？也许吧。也许，不会……"接着，您笑了，"这只是一场连阴雨，天晴了，一切就都好了。"

很怀念那些夏天的夜晚。有的时候，您的故事我已熟知全部细节，但我还是会让您再讲一遍。我喜欢在那些故事中热泪盈眶的感觉，就像干涸的大地得到了暴雨的浇灌。或许，您并不知道洪水故事的全部，但那支离破碎的片段，夹杂着饥饿，已经够伤感了。我也是多年以后想着您的讲述去查明这个故事的前因后果的，只可惜，我从未向您做过完整的描述。我想，后来的生活相对富足，已经不需要这些哀伤的故事来点缀了。无论地球面临什么危机，人类好像都有办法去解决。

童年的夏夜是丰富的，早餐却是贫瘠的。早晨起来，就是白开水和馒头。奶奶晒的辣面酱是唯一的菜，经年累月不变。也有炒菜的时候，门口的葱或蒜或辣椒。而我想吃的肉，一丁点儿也看不见。那些饥饿给了我恐怖的记忆，我因此变得不安分。和您一样，我也喜欢吃辣。把辣酱抹到馒头上，我俩就到菜地里，把那新长出的辣椒摘下，蘸着辣酱，这是最好的下饭菜。

几十年后，我成为一名军官，成为您眼里一个会写书的人。您引以为傲的同时，不能因此忘记我曾经也是个不省心的孩子。我们的邻居，是一个菜贩子。卖不掉的烂菜，总会被做成美味佳肴。至少，对我来说是美味佳肴。我饥饿难耐，常常站在他们家门口。人家看我可怜，给我一点儿吃的。我吃了那点儿依然饿，还站着示威。人家不再理我，我变本加厉地骂，因此遭人家一顿狠揍。您把我领回家去，没有一句责备。第二天，您就到集市上给我买回些吃的。那时我是知道的，能从家里拿出那点儿钱是多么难。

当年您有个习惯，睡前总是将身上仅有的几块钱（我很少见到您身上超过十块钱）用手帕包了又包，藏到枕头下面。枕头是个称谓，它其实就是您的衣服折叠起来的方块。露水大的夜晚，您总是把头深深地埋在被窝里，而我半夜总无法入睡。我假装起夜，偷偷站在床头，一点点，就像伟大的画家，每一笔都屏息运气，慢慢把您的手帕拿出来。借着月光或星光，拿出一张一元或两元的票子。您的这几块钱，从不舍得花，除非您给我买点儿吃的的时候。每天起来，您第一件事就是把手帕取出来，一五一十地数一数。您总会问我："又拿我的钱了？"我不知所措，紧张一笑。您也就笑笑，云淡风轻。这是您在我生命中留下的最宝贵的教诲。

谢谢您包容了我整个童年和少年时代。在您精神的指引下，我没有成为一个坏孩子。我只是叛逆，不甘面对眼前的一切。我不愿完完全全遵从您的意志，去和您朋友的孙女成亲，我选择了继续上学，倔强地走了一条另外的路。凭着您给我讲过的无数故事，那些记忆深刻的往事，像是精神世界的启明星，指引着我一路奔跑。

这间房子的每一处，您都要看看。这是您的平生时光，苦难与幸福同在。房间里有一处是昏暗的，接着有一声微弱的狗叫。在一个像壁炉一样的地方，打开一个小门，里面有一个蜂窝一样的巢穴。和蜂巢一样，上面布满了密密麻麻的毛孔，在每一个毛孔上面，有一个像麦粒一样的毛茸茸的东西。有一粒毛茸茸的东西逐渐变大，然后跳下巢穴，变成了一条狗。看到您在这里，它热切地迎了上来，拱您的裤腿。它是我们养过的那条流浪狗——青狗腊月。

您起来了，浮在半空，房间的半空。您微笑着，眼神里闪烁着光。"您就不能可怜一下它吗？"一个声音把我包裹着，紧紧地包裹，喘不过气来。您看透了我的内心。我承认，我曾对这条狗动了杀心。在村里人眼中，这种浑身发青的狗，一向被视为不祥。在您决定收养它时，我生出一个计划，要趁您不在的时候，狠狠用一根铁棍击打那条青狗的脑袋。都说狗有九条命，那是对于木棍来说。我相信，一根铁棍，足够让它消减为一条命。您看出了我的计划。我不知道您是怎么看出来的，在我还没有来得及行动时，您发话了："你就不能可怜一下它吗？"多少年后，在您去世的时候，在您离开我很久之后，我能记起的、最清晰的，就是这句话。

腊月是一岁多到我们家的，名字是您给它取的。腊月跟着您回家的第一天，您扔给它一个馒头，它看都不看，直盯着您的脸。您骂了句："狗日的，洋货哩！"转身给腊月倒了一碗肉饺子。一向节俭的奶奶强烈抗议，您笑着辩解："敢问主人要肉吃的狗，那是好狗，不能亏待。"后来，作为捕猎高手的腊月，竟推翻了"兔子上了路，让狗十八步"的猎人谚语。那是个下午，您追踪到一条大约五六斤重的野兔。这是一只壮年野兔，有着最好的体力和速度。我们那一带，猎户较多，这只野兔能够活到五六斤，可见它有着非凡的生存能力。那个下午，您和这只野兔已经"战斗"了整整半天。眼看天就要黑了，您仍未准确追寻到野兔的行迹。您意识到碰到真正的对手了，悄悄退出地瓜田，唤来腊月，让它叼上您的帽子去叫援兵。很快，另外两支猎枪加入进来。你们划定区域，一寸一寸地搜索，腊月仍旧按指令坐地头看守，防止野兔窜出田地。对于猎人们来说，野兔在地里不要紧，一旦这厮上了路，那就算失掉机会了。

夹击起了效果，野兔活动的区域被逐步压缩，眼看就要暴露，野兔突然现身，奔出田地。你们还没看清野兔怎么逃出去的呢，只听得呼啸一声，腊月像道闪电一样直扑而去。看着腊月和野兔都没了踪影，您摇摇头收起了枪："又让这个狡猾的家伙跑掉了。"您说，您认得这只野兔，这两年来，你们至少打过三次交道。另外的猎户也说："这兔子要成精了。"你们边走边说，接近村口时，远远地看到腊月站在桥头。腊月没有上前邀功，看来这番追捕没啥结果。毕竟，"兔子上了路，让狗十八路"不是白说的。

就在您走到腊月跟前时,眼前亮了。腊月的嘴巴下面,赫然摆着那只野兔。腊月把野兔叼起来,送到您手上。您当即说:"这兔子的两条后腿是腊月的,谁也别想吃!"您是远近有名的好猎手,如此钟爱一条狗,是一种英雄间的惺惺相惜。从此,腊月死心塌地生活在了我们家。

千里马需遇到伯乐才行,好在流浪的腊月遇到了您。看到腊月又和您在一起了,这让我多么欣慰,多么放心。您浮在半空中,有云彩绕着您。腊月被薄薄的云覆盖着,却很清晰地蹲在您身边。您是个慈悲的人,难免会被坏的人欺负,腊月在,这样最好。

您的老朋友来了,他们都来了,和您一样,他们蹒跚着步子,很艰难地赶过来。有一个人自始至终在哭泣,说您救了他们全家,救了他们整个村庄。您说,是的。我们一起到了这个老朋友的家里,他的母亲——一个干瘦的老太太,坐在堂屋里。家徒四壁,堂屋里垒砌着一口大锅。在她的门外,到处都是豌豆,那些已经成熟的豌豆,孕育着新的生命。他们说,您就是用豌豆救下他们整个村庄的。

您的母亲,也就是我的太祖母,前几天来过一次。

这一次陪她来的，是您刚刚去世的兄长。我不知道他们是什么时候到来的，坐在我们之间，聆听我们的谈话。他们慈祥地看着您，又诧异地看着我。他们还不认识我。但骨血里的亲是天定的，我们对视一笑。您累了，休息一会儿。他们就坐在屋子里，等着您。他们是您的亲人，是前来接您的使者。您的母亲显得比记忆中要胖，特别爱出汗。我说的这个记忆，是您的描述留给我的记忆。

您总说，您的母亲是一个瘦削的小老太太。您的父亲，也就是我的太爷爷，在您很小时就暴病身亡。一个阴天，半夜时，您父亲途经一片新坟，一个刚刚自杀的年轻人埋在那里。一只受了惊吓的乌鸦腾空而起，在胡乱的飞行中，撞击到您父亲身上，乌鸦的爪子蹬到了他的肩膀，回去没多久，他就因高烧不退去世了。您的母亲在尘世的一生中十分凄苦，那是您最牵挂的人。

在您母亲的三个儿子里，您是最疼爱她的。您一直觉得必须陪在母亲身边才行，现在，您的愿望就要实现。母亲几次向您伸手，想要带着您离开这张小床。

阴阳两隔，这是一场隆重的告别。您本该在今天下午离开这个世界的。下午三点多，您通过肉体发布了重要的提示——间歇性停止呼吸。对我来说，这个词不是医学词汇，而是心灵感应的提示。我在您床头安放了一台监控，十几天来，我几乎无暇顾及那台监控。那天下午三点多，我疲惫不堪地回到住所。躺到床上，正准备休息时，一个特别的感觉提示我，该打开监控看看了。于是，您在那个时候暂停呼吸，几乎分秒不差。

您退烧后，我一直守在您身边。我握着您的手。我们没有语言，但却在交流。"你不能怜悯一下她吗？"又一次，这个声音撞击了我。她是您女儿的女儿，生在我们家的草房子里，并寄养在您膝下。因为特殊原因，她的出生被蒙上阴影。她需要被当作不存在，需要被隐瞒。她寄养于此，生活的艰难却无法克服。她没有吃过奶水，没有营养品，甚至没有生存的必需品。嚼碎的麦粒、玉米，成了养活她的主要食物。您的呵护，让这个幼小可怜的生命一点点焕发出她的光芒。人的天性中住着魔鬼，时不时会溜出人的管控。没有什么理由，当您如此疼惜她的时候，我就一定要趁您不注意或不在的时候把她痛打一顿。很多年前，我对腊月也试图这样过。

您当然洞悉一切。"你不能怜悯一下她吗？"当我正要动手时，您的话让我立刻失去张狂的气焰。我很庆幸，在如此小的年龄，听懂了您话语里的那份悲悯，正是那句话，让我一生都在良心上恭恭敬敬、谨谨慎慎。最后的日子，她，您的这个寄养于此的外孙女，每一天都在。这个泪水比我多的人，成了我不在身边时，您内心的唯一安慰。您第一次停止呼吸的时候，那个下午三点，您喉咙里的痰像洪水一样漫上来，她就用针管一点点抽吸。足足抽了五次，您获得了释放身体剩余能量的时机，坚持到了那个夜晚，我从外地归来。

您的手温热着，暖着我的心。我能理解死亡对于每个人来说都是逃不掉的。但是，当死亡降临到您身上，我却无法接受。几十年来，我就一直在心里反复模拟，如果有一天您不在了，我该如何接受这一切。这一天，我假设了三十年。而当这一天到达时，我依然没有做好准备，依然手足无措。一个强大的灵魂必然有一个优秀的导师。您离开了，一种恐慌感笼罩着我。这个世间，诱惑太多，罪恶太多。这个世间，我已习惯了您的嘱咐："不要做失格的事。"

您当然知道，我不是个冒失的人。几十年来，您一点一滴的行为浸润到我的心灵深处。在西藏的某个餐馆，一个开设在十字路口的餐馆，我带着您的重孙子在那里吃饭。我们一边吃饭，一边讨论关于生命的话题。我相信生命的无数种可能。已有科学家探测到植物有自己的语言，而且可以说话，这个世上还有什么值得怀疑的呢？您的重孙子，年龄很小，但很同意我的观点。吃完之后，我要了一份完整的饭，打包好，放到十字路口的一个小木架上。孩子问我，这是要做什么。我说，在这片神奇的土地上，到处都是磕头朝拜的人，他们虔诚地去探寻生命的意义，去用自己的执着追求灵魂的安放。他们可能顾不上吃饭，当我们把一份完整的饭菜放在那里时，朝拜的人会在饥饿时进食，而他们接下来继续朝拜的路，以及他们在灵魂世界里得到的福祉，将有我们微不足道的一份功德。您的重孙子表情凝重，我相信，他幼小的心灵里已经明白了这个道理。后来的酷暑天气，他遇到那些马路上的清洁工，总会送去一瓶矿泉水。我依然相信，这一切源于您的道德引领。

"要心善，要可怜生命。"您又说。大地安静无声，却有一种声音敲击我的灵魂。是我们曾经走过的脚步变得坚定，还是您曾经向我讲起的过往？毒辣的太阳丝毫不向时间示弱。地面干燥得能生出烟来。有一种声音越来越清晰，越来越密集。我抬起头，一头骡子站在远处,一动不动地盯着我。我走过去,它满眼含泪。我们认出了彼此。

这本是头瘦弱多病的骡子,牵来家时浑身长满皮癣。当时因为便宜,您买了回来。您不管别人怎么看,也没有把它单纯当作一头牲畜。您精心喂养它,给它挑最好最嫩的草,给它饮的水中添加麸料,给它梳理皮毛,涂抹治疗皮肤的药膏。很快,它的毛色开始光亮,身体开始健壮,从此默默无闻地劳作。

那些年,您带领全家开麻油作坊。我和您一起,围着狭窄的油坊磨道,从早走到晚,从晚走到早。月复一月,年复一年。您从不打骂我们的这些牲畜,也不埋怨,您把它们当作一条生命来怜悯。我们何其有幸,我和这个院子里的所有家畜一样,都心存感激,十分卖力。农忙时,我们把庄稼或积肥装到车子上,它们自然会拉到指定地点。那些地方,我在此生活了很多年。

"您把我当条命尊重,我也敬重您,愿意把这条命交付与您。"骡子走近些,向着您的坟地说。

"老伙计,过得好吗?"

"老主人,我过得很好。"

"这个家对不起你……"

"他们把我卖掉,是趁您不在。"

三十多年前,老骡子被卖给了屠户。

他们趁着您不在家的时候卖掉了骡子,这让您大病一场。那时候,老骡子不能干活了,老态龙钟。您提出要等骡子死了把它埋到地里,他们岂能同意,这等于损失一笔钱。这三十多年来,我和您从来不敢提及老骡子,但我们的心情一样,从来不曾忘记。

"老伙计,对不住了。"

"他们不像您,怜悯生命。"

我的感受一如当初,骡子已然是家人,已然把自己当作这个家庭的一分子。您能懂得老骡子。很高兴,您见到了自己的老伙计。

您说的话我都记得。这些年,我的行为准则不只有法律,还有您那些比法律更能折服我的话语。天已经黑了,四下空无一人。骡子不见了,您也不再说话了。我反复记着这些话语,就像老牛反刍它吞下的料草,慢慢有了一种力量。

您喜欢坐在门口,一个人从早坐到晚。坐累了,就四处走。后来有了车子,就须臾不离。这是一场漫长的告别。十年里,您见了所有的朋友和熟人。您会和我提起那些往事，和他们某些人之间的来往。以往您会有一些评判，再往后，语气越来越平淡。您没有什么牵挂了，离开自己的卧室，到了门口亮堂的地方，就像我每次回来时您都会坐着的地方，他们把您放在小床上，等待您的离去。

风走了，房间空了，您的爷爷奶奶、父母他们都离开了。子孙们还围着您，满脸悲伤。他们很想挽留，也知道终究无法挽留。理智的人都能接受，每个生命都要面对死亡。您清醒着，审视着自己的肉体，但无法和他们交流。您很虚弱，像刚刚出生的婴儿。您经历了这一生，完成了自己的修炼，悲喜交集。这一刻，在一个灵魂寄予肉身的轮回结束之时，饱满丰硕。

有一种久远的力量在我身体里温暖过来，复活了，就像历经了一次脱胎换骨。这是您给予的力量，让我勇敢坚强。您不仅把这样的力量给了我和其他人，这一生，您的这种力量也给了很多动物，很多植物。"五年前，我来的时候，这块地盘就是这个样子。"您房间的窗外，去年才种下的毛竹一片葱绿。那是我和您一起种下的。毛竹在风中发出声音，轻轻的，细细的，小小的。那时候，这片地盘上就已经生活着杨梅、樱桃、杏

193

和酸枣，还有柿子。嫁接果木是您一生的爱好之一。麦黄杏并不大，但多如海边的卵石。酸枣并不酸，您为它做了品种改良。最令人称道的是柿子树，就像疯了一样地挂满果实，每一根枝杈都被压低腰身，要断掉似的。每到深秋，满树通红的柿子灯便能点亮整片空间。

我能看出，柿子树比往年表情凝重，就像那个科学家一样。我能听到柿子树的低语。您那么爱这些植物，又有哪个植物不爱您呢？您珍视那些生命，又怎么不受生命的爱戴呢。这些爱，这些年，不知不觉走进了我的文字，成为我的创作理念——怜悯与爱的一种精神支撑。

四点多，我真正醒了过来。我似乎在梦中，梦中的梦……您那个外孙女的孩子，一直大声哭闹。十个月大的孩儿，难道也跟我一样，对此刻的分离感到无助，心生恐慌？

家人们全都聚拢到跟前。我默默蹲在您的床边，像多年前无数个夜晚那样，用手轻触您的下巴和脸庞。那道光慢慢升起，消散。我感受到了真正的离别，一切安详而自然。